創仙誓

玄清降魔鎮聆

1 冰雪天地

履咸引路大過述言——著

目錄

第一回

巨變天地

滿月的輝光是皎潔無暇的；雪白的天地是純真順受的，長久以來，這晰月天地的溫柔守護，一直是鬼人族的信仰與依賴，而在今日，這片大地所能看見的，卻只能是造化的無情與殺戮的冷酷。

在眼前這淒涼雪地上，正遍地綻放著血紅鮮豔的花朵，一朵朵，皆是慘亡的生命，一處處，盡是殤情的悲哀。

純真究竟換來的，可都是殘酷的現實，鮮血呈現的，永遠都是明擺在眼前的無奈與心傷。

匈奴北地，善良的鬼人族部落，老老少少一百餘人，在這滿月之夜被一群小鬼，殘殺得乾乾淨淨。

這晚月光映照灑落的這片雪地，血痕瀝瀝斑斑的令人著慌，一向少有人跡的無名森林，隔了一道懸崖，正仰望著，靜靜地旁觀，雜亂細小的腳步，無知地在這陌生地帶，喋喋沓沓，已焦急得連成一長串。

年僅五歲的鬼人常昊，被母親從那懸崖上丟了下來，在雪地上滾動了一會，掙扎逃離，本能地躲到一處小洞穴中，小小心靈嚴重受創，在身體難以支撐之下，終於昏睡了過去。

「常昊，你一定要為我們活下去，一定……」這可是他心中僅剩的記憶了，這一場巨變之後，常昊遺忘了，自己的曾經與來歷。

弱肉則受強食，這生存至高法則，在修聆世界裡，似乎沒有誰可以例外。

匈奴帝國最北方，一個臨海的人族小部落，是這世界七十二個初始之地之一，它的東邊緊鄰「印星海」，背靠有著護國神山之稱的「朝鮮山脈」，西邊為廣大的刺針林，屬於「臥龍山」支脈，它往南一直延伸十里，在一處「巨魔灣」附近，連結入了海，將這村莊一整個圍了起來。

這朝鮮山脈北面，山勢極為險峻，面對廣大的印星海，幾乎是一整片連接的懸崖峭壁，它圍繞著匈奴帝國北方疆域，形成一天然屏障，外敵很難由此入侵，故稱為護國神山，但也正因如此，帝國長期以來，根本忽略這裡的邊防治安，以致不同物種間時常爭鬥，更有魔物不時肆虐。

這世界有不同的靈子修行藉體，泛稱為「靈子物種」，雖外型與習性不完全相同，但皆存自我意識與共通語言，共利之下能為合作，競逐資源時自然衍生爭奪，至於「魔物」則僅具魂識而無自我，本依存生命法則，搶奪殺戮，正是本能。

這世界上已覺醒自我的種族，與一般僅具魂執的動物不同，主要分別為人族與非人族之類的所謂物種，不僅在不同種族間能夠互相溝通，也能透過反覆的學習或是不斷的戰鬥而升等成長，這本是荒原宇宙各世界的特色，以靈子本質而言，沒有差異，差別的是各自化生這世界時，靈子所遁入的藉體型態不同而已。

山上植被，多為廣泛之刺針林，其針葉、花卉、果實都可以食用，是森林居民們的主食之一，然而這裡到處冰天雪地，長年寒凍，因此物種的生存相對艱難，較常見的除人族外，也只有雪狼與小鬼。

這臨海之人族部落，自然以捕魚為業，長期以來，自給自足，樂利安和，總人數約三百人，由於地形關係，如同與世隔絕。

盛產「冰魚」，肥碩鮮美，這印星海長年平靜，少見大滔浪，水質清澈無比，如畫映照天星，夜晚時，海面上星光閃爍，點點爭輝璀璨耀眼，非常美麗，它讓你宛如置身星空，徜徉銀河，不自覺地留連而忘返，這「印星海」之名，就是由此而來。

村莊稱為「雪狼居」，是因為村民們融和了雪狼一族，為之提供食物與住所，彼此共同為生活中的助力，雪狼不僅成為村民主要交通工具，而且能幫助防禦抵抗魔物侵襲，雙方屬於非常和平理想之共生關係。

在冰雪天地這艱困的生存環境中，任何有緣人，若見過這處世外桃源，得體驗「印星海」之美，或能讓人忘卻塵世的諸多煩擾，可以無憂且無慮，可以意滿而富足，而真心喜歡上這一片世間稀有的寧靜天地。

兩年後的今天一如往常，一大早，大人們分批組隊出海捕魚，留著村中婦孺老少，幾名護衛，還有為數不算多的夥伴「雪狼」，這是日常的安排，大家早都已經

習慣了。

森林裡的小鬼，長期以來，會趁大人們不在時，找機會來村莊偷襲，小鬼出現，雪狼負責驅趕，一來一往，雖是麻煩，但也沒大損失，有時互相溝通，多少給些食物，讓這些小鬼不要過分，基本上理解了，彼此間也能相安無事。

這小鬼，體型大小跟玄清、常昊差不多，雖算兇惡，但實力有限，何況村裡也有雪狼，見他們來，村民們多半不以為意，當作山裡討食的猴子一般看待，不過因為種族不同的關係，鮮少互相對話，甚至是交上朋友，這算是彼此間，有個種族外型差異這類隔閡在吧。

這一天，玄清與常昊，這對膩在一起近兩年的小朋友，也習慣地在家中玩起密室躲藏遊戲。

這密室是玄清家裡的地下室，是作為儲藏食物的地窖，特別的是裡面多了一間密室，這裡到處堆滿了各式木桶箱子，還有一些專精「狩獵」的大人們送來的毛皮，和一年一度從遠地「雪狼城」購置的日常所需用品，感覺雖然擁擠，但對於兩位小孩子來說，這樣的環境可是最好的遊戲基地。

近來，因為這世界上，忽然出現了各種神諭，這神諭有時出現在自己的腦海中，有時透過族裡的祭師傳達，都是共同指向一個天劫訊息：

戰禍十年，飢荒連延。

魔王臨世，人道覆刑。

這讓村民大人們擔憂起森林內這小鬼族群近來不斷發展的勢力，二年前在一次北地狩獵中，隊員們都曾目睹鬼人一族遭小鬼屠戮之事，當時玄清的媽媽也是其中一員，常昊就是由她帶回來的，回想起那件慘劇，他們至今仍然歷歷在目，也因此，特別在小鬼群聚的魔鬼洞附近，設置了觀察哨所，來注意小鬼的動靜。

雪狼居晌午，玄清的母親妤娘——五十等級之獵人，做為村中護衛，正立於村內唯一簡陋的木製高塔，遠遠望見兩道迅捷身影，從刺針林裡衝了出來，這是負責哨站的村民，沿路急忙地大聲喊叫著，要大家緊急逃命去。

妤娘搖動緊急鈴聲，從高塔躍下，詢問了究竟。

沉重的呼吸聲，斷斷續續地：「呼、呼，小鬼……領著巨人打來……大家……趕緊……趕緊躲到屋子地窖裡，晚一點……晚點就來不及了。」

這消息，讓村裡徹底著慌了起來。

「是……我們看到……是森林裡一大群小鬼，絕不下百位……後面跟著……數隻冰原巨人，往……往我們這兒來了。」

「冰原巨人怎會與小鬼在一起？」

「大人們都出海去了，這可怎麼辦？」

「族長，我們該怎麼辦啊？」

「……大家別慌。」

「各自先拿武器。」

「不，都躲起來，都先躲起來！」

「那個我們打不過的。」

「那種數量，我們不可能敵得過的，更何況還有巨人……」

「巨……還有巨人？」

一聽到巨人消息，族長驚慌得不知所措，村民們亂成一團，有的倉皇中躲入地窖，多數已不顧一切，拼命地往村外四散逃離，竟沒有人想要奮勇振作抵抗。

大過述言

長久以來的經驗，產生了難以撼動的認知，這是根深蒂固的現實成見，所以從來不會想到要如何尋求改變，這就是我們不能突破成長的嚴重障礙，俗稱為執心業障。

業障絕對不是來自於外在或無形，而是真實存在我們自己脆弱的內心。

這是很重要的人生觀念，若能覺悟生命意義，就是要積極面對困難挑戰未來，以勇敢去除過去錯誤的成見，接受環境的惡劣，努力改變自我、充實自我，這樣我們就能迎來真正的進化與成長，而這正是十七天外造物主幫我們創造的，實際而理想的荒原宇宙修行世界。

村民的應對，已說明了冰原巨人，是個多麼令他們害怕的存在，這層長期不變的障礙，深入每一個人的執心，以至於這災難來臨之時，各個只想保命，沒有人想尋求奮戰，卻不知最後，結果依然殘酷。

❄ 開聆系統

這是一個稱為修聆世界的天地，各個具成自我的種族，在出生之時，都會在腦海中出現造物系統所提供的個人重要訊息，這些訊息，透過長輩的解說，可以幫助建議專屬於個人的成長方向與修行模式，這是明道聖使參考十六天外造物主的創作，而研發出來的修真體系。

這體系統稱開聆系統，會因個人修行上的差異，而產生專屬於個人之資訊，比如前面說到的神諭之類，或者來自所謂天命的特別任務要求，除此外，每個人也能透過這系統，來確認他人的基本修聆資訊，若進一步習得「鑑定」這類技能，則能更加深入探知對方其他重要且私密的訊息。

冰原巨人——

種族：泰坦。

共生：小鬼。

等階：平均等級50以上。

精技：威懾、撼山棒。

小鬼——

種族：地魔。

共生：冰原巨人、玄象。

等階：平均等級40以上。

精技：偷盜、劍技。

這世界上有一些重要的「識魂連繫」，能實際反映在共生關係，比如「人族與雪狼」跟這「小鬼與巨人」，就屬於其中一類的共生種族，這是潛藏在識核意志的信賴訊息，由此得以合作共存。

而在修聆世界的所有能自我進化的物種，也就是每一個具備自我意識的生命體，都能透過環境的磨練，真正實現識核之覺醒進化，其影響蛻變的程度，可說無所限制，其境界的提升，也算是永無止盡。

這些生命體的各種重要環境應對生存能力，都是以造物系統透過大數據運算其相對數值來呈現的，主要就有等階、技能強度之類，以及相關體質技術等「力能、智能、體質、巧速、運氣、靈氣」六項基本數值完全數據化的分析。

這與讀者的認知，肯定會有大大的不同。

這是因為我們身處最無趣的靈心煉魔獄，也就是十八天外琉璃法界造物主所創造，屬第十九天外之地球人間世界，從小到大的認知，都受到造物條件設定而產生了嚴格思考侷限，以至於世人對於超越現實的各種情狀描述，都難以理解而進一步持信，若是一出生開始，就是荒原宇宙中修聆這樣的世界，見到這些奇特神異現象，必定心生體會理解，自然也就能夠習以為常了。

第二回

掙扎

在一陣燒殺擄掠的毀滅戲碼，開啟了重重序幕之後，驚叫呼救與狂吼訕笑混雜的背景，已落在雪狼居這原本和平寧靜的小村莊了。

依妤娘的職業經驗，目前情況只能做最壞打算，其餘僥倖想法都是多餘的。

「玄清、常昊，媽媽要打小鬼，你們好好待在密室，不要出來，若萬一……嗯……若是有看到小鬼打開了地窖門，你倆一定要記得進入地窖中的密室，記住，絕對不可以出來，要記住。」

安排好孩子們後，她揹起家裡所有的弓箭，在技能「迅疾」加持下，發動「瞬移」，潛藏在村裡的制高點，針對圍在村莊前面的小鬼，手上獵弓開了滿弦，一箭一個，「專一」、「集中要害」，妤娘雙技啟動接連射出。

一整排小鬼接連倒下的同時，數十支飛箭，已朝妤娘射了過來，妤娘再次瞬移射敵，邊朝著刺針林方向，企圖將小鬼們吸引至林中射殺，然而再一次瞬移之時，竟在途中停頓，妤娘驚覺魔素已不足，在缺乏掩護體之下，小鬼們趁機數箭齊發，就這一傾刻間，利箭已精準地穿過她的心頭。

「慢點，我還沒能……唉……我心愛的孩兒，我的……謫仙人，一定要聽話啊，往後……你們……只能靠自己了。」

❄

大過述言

輪迴轉世，在仙佛世界中，可依個人意願而達成。

玄清前世為玲瓏欲界中極富盛名的「九幽智星——謫仙人」，妤娘則是同世界中深愛著他的逍遙十仙之護寶仙「龍女——黃靈妤」。

這觀念對於我們這世界來說，或許不算陌生，前世積累，後世償還，執心無改，終究證業，宗教所謂因果，也就是如此。

而黃靈妤會知道玄清是謫仙人轉世，自然是這世界的相對技能所致。在修聆世界中，靈子的成長若突破了某些限制，或得到某些造化技能，比如黃靈妤的「專一」技能，能對隱藏於識核靈識中之執念追根究底，由此能夠深入突破，徹底了解自己的前世因果。

這輪迴轉世，在荒原宇宙，可說是司空見慣的，只是每一次的轉世重生，都伴隨著藉體修煉的毀棄，雖然靈心境界必得保存，但於新的人生，卻必要捨棄記憶一切重來，所以會做這種選擇的，通常是為了忘卻，而不是為了追尋，然而造化弄人，偏偏就是會讓你再度想起。

村子裡仍然亂成一團，連聲驚呼，吸引了眾人目光。

殷叔右手臂斷了一節，像是被巨人強力扯下來的，血肉模糊的斷臂處，露著肱骨不斷滲出鮮血，全身佈滿了傷痕，雙目赤紅，一臉扭曲，危危顫顫地說道：「都死了……都死了……巨人……巨人、小鬼就在外面……」說完一聲倒地，已沒了氣息。

「現在不管我們想怎麼掙扎，結果都會是一樣的啊！」

「你看看殷叔……還有……剛剛的妤娘……」

見守衛們相繼倒下，村民死傷殆半，剩存的人早喪失的意志，也已宣告了徹底放棄。

「他們要的是食物吧！我們都給、都給……」

「恐怕不是啊！」

「那……已經無處可逃了嗎……」

「只能等死啊……」

「竟然趁大人們都不在時……」

「真沒想到，還以為小鬼們只是一群……」

「大夥應該也都在這了吧？」

「孩子們大都在沙灘呢……」

「啊……我得去……」

「算了，應該早都死了，反正，我們也快了……」

在村民內心裡，面對死亡恐懼這番無用的掙扎過後，雪狼居的毀滅戲碼終於是接近落幕了，世界多了一處怨念不離的埋骨之地，這群村民們的臨死掙扎，終究是一場血腥殘忍，令人不忍卒睹，受單方面蹂躪的悲哀敘事。

滿地村民與雪狼的屍體，見證的是這世界弱肉強食的現實，這一刻，亡靈無奈，死生無常，一陣陣淒風輓歌，哭訴了痛傷情懷。

場景——魔鬼洞

在村莊西邊廣大的刺針林裡，有一條前往雪狼城的通道，稱為「百里羊腸小徑」，除了雪狼居村民之外，很少有人在這條通路上往來，而事實上，這通道周圍區域早已成為小鬼們的地盤。

這林間小徑，有一段長長的彎道，圍繞著這朝鮮山脈底部的一塊突起腹地，是一整片大大小小不等的丘陵，小鬼將這地帶當作主要生活據點，其中最大的洞穴，就是村民們會派哨緊盯的「魔鬼洞」。

由雪狼居往西進入這羊腸小徑，必先跨越刺針林內唯一的冰河「鬼浮河」，再順著山勢，沿著鬼浮河上游一路向北，在一處一百八十度的迴旋轉折後，往南接這條長彎道，這轉折點右側為懸崖，崖上高地，就是昔日鬼人族所居部落，鬼浮河將這高地與丘陵，隔成了兩個不同世界。

再說這彎道外環，面向南方之處，地勢漸漸地低沉，直到一整片蒼鬱松形成的森林，這是眾多魔物出現的場所，視為生人禁地，再過去，就是有著許多傳說的神祕星玥湖範圍了，聽說絕地冰龍，就曾經出現在這兒。

今日魔鬼山洞，正為了已完成的初步神諭指示，進行著對眾神之祭祀儀式，山洞之外，氣氛熱熱鬧鬧，一群小鬼混搭著巨人，吵吵嚷嚷，開心得手舞足蹈，甚具節奏的唱頌拍手聲，代表著虔誠之儀式。

洞內大廳前，兩根粗壯的石柱，似乎當作大廳入口，其後兩排齊齊整整，貼著巨大的螢光蟲牆面，最後面的王位上，一位巨人身形的魁梧大漢正側身斜坐，雙眼精光，注視著眼前一位高談闊論的特異小鬼。

洞內螢火綠光，映照這大漢發亮的眼神，陰森而肅厲，讓人不自覺地心生畏懼，這小鬼能在他面前口若懸河，似乎有著相當的實力與條件。

這小鬼與一般小鬼模樣差不多，只是裝扮有些……奇特，頭戴綠色方帽，右手拿著拂塵，說話時眼睛半歇，舉止有氣無力，但聲音高亢刺耳，聽完一番之後，整個人都免不得想要煩躁起來。

「啟稟聖王，取代匈奴帝國的第一步，已經順利完成了。」

「嗯，那接下來呢？」

「按照神諭，第二步就是雪狼城了。」

場景——保命密室

「常昊，你稍微看一下就好，千萬不要出去。」

玄清與常昊躲在密室一陣子了，見外面毫無動靜，好奇地打開密室小門，這常昊膽子甚大，玄清則相當細心謹慎。

常昊小腳正要踏出去時，細碎吵雜的腳步聲傳來，玄清趕緊地將常昊拉回，緊接著，地窖大門被一腳踹開了，兩人躲在密室，看那小鬼們，在地窖中翻箱倒櫃，不時哈哈大笑。

「聖王要我們拿下這村子，沒想到輕而易舉啊！」

「趁這村裡大人不在，來個不費力地偷襲，那人頭腦怎麼這麼好，這都想得出來？」

「還有呢，那些人族出海的漁船，早就被我們動了手腳，這會應該都餵大魚去了，我大哥那一隊就是執行這任務的。」

「哇，連這都想得到啊！真可怕。」

「那位能讓聖王稱上軍師的，可是來自鼎鼎大名的神仙門派『福天閣』，是真正的世外仙人啊，哪像你我這般的直腸腦袋。」

這福天閣位居匈奴帝國鳳凰山脈，是極神秘的修行組織派門，想要修行變強或者學得一身好本領的人，都以加入福天閣為第一目標，一直以來世人對於福天閣入世之門人，評價都非常高，不僅武藝超群，智慧謀略也會是當代一絕，能力上都不是一般人所能比擬的，會被稱為仙人，就是這樣來的。

小鬼們仔細翻查了一陣子後。

「這邊大概就這些了，人類這種低等物種就跟松鼠一樣，喜歡把食物蒐藏起來，但最後還不是便宜咱們了，呵呵！」

碰的一聲，大門關了起來，玄清與常昊，雖是小小的年紀，也隱約猜到外面發生什麼事了，兩人相視甚久，暗自傷心不發一語。

玄清首先開口道：「我想……村裡應該就只剩你我了，我們得想辦法逃出這裡。」

這玄清因無法忘懷失去摰愛之痛，而選擇深藏記憶轉世重生以求解脫之道，雖是捨棄前世藉體修行重來，但靈心境界同樣必能維持玉鼎金仙不墮，心智與情緒都要比常人來得穩定，所以，就算是喪失至親這事，對他而言，好像也沒受到多大打擊，或許，這是他前世給予的經驗，早已刻骨銘心所致，因此看待世間的一切，好似都特別的淡然，也能表現出異於常人的理智。

「只依我們的技能，想要從這裡逃出去……不知道常叔是不是還活著。」

若常叔在的話，定能幫助他倆逃跑的，玄清口中的常叔，是與他一家關係甚好的獨眼雪狼，右眼處明顯的巨型傷疤，是他與冰原巨人爭鬥後的驕傲印記，能在巨人底下死裡逃生，證明了常叔不同一般雪狼族的堅強實力。

常叔——開聆系統

• 修聆　常叔。

‧種族 雪狼。
‧共生 人族。
‧等階 等級51。
‧精技 威懾、撕咬、利爪。

靈繫

這修聆世界，有一種無形的隱藏在內心的靈繫，讓人生死與共，不肯背離，如雪狼對於村民之心，雖然知道是危及性命的時刻，仍舊選擇勇於守護，不顧一切地留下與村民們共同面對。

靈繫關係之衍生，可以形成一個彼此依賴的絕佳修行體系，在這體系下所呈現的就不僅是彼此忠誠信任與不離不棄的態度而已，更是絕對能互相依賴、互利成長的真實修真模式，透過真祖建立契約，形成彼此靈繫，而共同邁向永恆之發展與進化道路，那個世界，就被稱作「真萬物靈繫」。

這種靈繫世界所呈現的，是極其有趣的修行方式，不僅因靈繫而共存共榮，也因物種之超級繁盛，而能見識多彩多姿的神奇天地，這也是仙佛世界的一種樣貌，將會在創仙誓之「真萬物靈繫」系列中，為各位讀者詳細介紹。

第三回

逃離追殺

這一陣子，玄清與常昊躲藏在密室中，轉瞬間已過了些時日，地窖裡原本眾多的木桶與存糧，現在整處已是空蕩蕩的，而進駐在雪狼居的小鬼也少了許多，可能是物資存糧都已快搬光的緣故。

早計畫逃離這密室的，玄清與常昊趁著夜色，小鬼不再巡邏的機會，從地窖中小心地逃了出來，兩人只知一路往西，避開小鬼逃入刺針林，卻不知該去哪，看著雪地裡雜亂的腳印，說明了他倆正反覆在同一區域裡遊走。

就在這時，一道雪白的身影，快速奔向了他們，這熟悉的身形，令人安心的氣息，是玄清與常昊的定心丸，兩人一下子就認出來了，常叔一見面就著急地說道：

「小鬼獨狼隊馬上就會找到這了，快快上來我背上！」

「這邊的腳印與氣味，是雪狼族那隻老傢伙還有二位人族，哈哈，得來不費工夫啊！」

「你、還有你，各帶一隊左右包抄，估計他們是往小徑的獨橋去了。」

小鬼領隊心想，若是那老傢伙堅持要救那二隻人族，倒真有些麻煩啊，萬一……

這小鬼聖王交代屬下到處追捕殘存的人族，只要北地遇到就格殺毋論且有大筆獎賞，這是根據他那軍師所提的神諭，也就是「世界淨化行動」，所發布的命令。由於這命令，使得人族在這北地，成了最稀有的種族。

常叔帶著兩人一路向南，來到鬼浮河之獨橋，交代玄清與常昊：「憑獨狼隊本事，我們肯定要被追上的，你倆坐上這鬼浮河，順著河流往南進入鬱松林外圍，看到很多大樹時就上河岸，那邊沒有小鬼，會暫時安全些，我留下來擋著他們，爭取時間，不用擔心我，之後我再去找你們，唉……沒能保護好村子，原本我以為你們都被小鬼殺了的，看到你們活下來真好，快走吧，這邊交給我了。」

「嗯，常昊，我們走吧，常叔，我們一定要再見面！」

常叔抹去了玄清、常昊的腳印，沒多久，小鬼獨狼隊已追了上來。

「老頭子，把那兩位人族的下落交待交待吧！」

「呵呵，這哪有什麼人族，不都給你們殺光了嗎？」

「少裝傻了，你抹去腳印，可這氣味，還濃郁得很啊，哈哈，不交代，你也就陪他們下地獄去吧！」

「想要我的命，得問問我的爪子利牙！別忘了我可是殺過巨人的！」

這小鬼隊十位，手持劍盾，已圍了上來。

「為了兩隻低等人族，不值得吧，留著命養老不好嗎？」

「哼！區區小鬼，也說起大話來了！」

常叔一聲狼嚎發出「威懾」，發動技能「利爪」，縱身躍過前方小鬼，與其中發話的領隊纏鬥起來。

這領隊嚇了一跳，趕緊舉盾一擋，右手劍趁勢劈了下來，常叔扭身閃過，回頭撕咬，扯下了小鬼手上一整片護身毛皮。

小鬼領隊漲紅了臉說道：「哼！老傢伙，死到臨頭還逞能！」

隨手一揮，眾小鬼一致舉起長槍圍了過來，小鬼領隊看這常叔面無懼色，尋思一番後說道：

「殺你對我可沒好處，我給你最後活命機會，只要你讓開，不會為難你，我猜也猜得到那兩位人族往哪邊去了，就算花些時間殺你，要追上他們也還是綽綽有餘的。」

說完再次緊盯常叔眼神，竟見其嘴角微揚，縱聲長嘯，這極高頻之音律，響徹了這一整帶刺針林。

「哈哈，說得真好聽，看來你是怕我殺了你吧，等我眾兄弟來了，你們一個也別想走！」

小鬼領隊知道這回可不是單純震懾，而是呼叫雪狼族同伴之信號，一時間表情上出現了驚慌，也不知這老頭子是不是真叫得人來，但若是要對付一群雪狼，那可就不是獎賞的問題，而是真正的玩命了。

隨即哼的一聲道：「暫且給你這個面子吧，不過，那兩隻漂到鬱松林的人族，嘿嘿，最近剛好有一隻巨蚓出沒，別怪我沒告訴你，可得用力保護好啊，哈哈哈！」

雪狼常叔看這小鬼獨狼隊走遠，終於鬆了一口氣，想到那小鬼說的巨蚓，一股躁氣又急了起來，也不管一夜疲累，飛快地依著鬼浮河沿岸，緊急往南方鬱松林處追去。

玄清、常昊浮在水中，正順著河流向下漂游著。

這河不大，最寬兩岸大約僅僅三丈寬度，小鬼個小，能輕易浮在上面，所以稱作鬼浮河，算是小鬼一族之水路，這河從北邊朝鮮山脈匯聚山上溪流，由前鬼人族部落高地，越過懸崖形成瀑布衝擊而下，地圖上像是將這廣泛的刺針林一分為二，由上而下，蜿蜒的像一條細瘦的「地林魂蟒」，沿途吞噬著蓄塘沼澤，奔向南方最神秘的「星玥湖」。

冬天的景色，正是一片茫茫雪霧，單調又荒涼，前面刺針成林，密密麻麻，放眼望去，情勢冷冽的恰似遍地刀山地獄，過了這一地，水流較緩，地貌已有明顯的不同，不再是刺針林那般令人驚悚，而是高聳直入天際的蒼鬱松森林。

這裡就像原始沼澤荒域一般，樹木巨大高聳，植被茂盛，水源食物豐沛，相對的也成了各種魔物頻繁活動的區域，會稱為神秘危險地帶，自然是因為有不少強大魔物齊聚之故，而且存在特殊魔種，如屍鬼、王魔、邪蛛之類，甚至是冰龍那樣至尊的存在。

要說星玥湖區域，是涵蓋蒼鬱松森林的，其中的危險性，可比小鬼領地內大多了，因為魔物眾多且強大，若不小心遇上，可能連逃命的機會也沒有，但是相對來說，因為不是被主要針對，至少有機會尋找躲藏空間，求得一時的安定，而且，若以這世界上最重要的升等變強的角度來說，這強大魔物聚集之地，必然漫佈著極濃厚的魔素，也就是極精純之道能，反而是個能快速強化實力之處。

常叔要玄清與常昊到這地方，肯定是有這方面的考量了。

一場風雪將即，兩人在這上了河岸，幸運地找到一處樹洞，四周拾些草木，簡單布置了一下，還用木板暫時當了門後，經過這些連番折騰，兩人已經倦極，竟無防備地沉沉睡著了。

兩個僅僅七歲般大的孩子，到底有何能力做些什麼？尤其在這冰天雪地，充滿魔物的世界裡，能不能平安長大，而不夭折於無情的地獄，就是一個正常來說都做不到的挑戰吧。

——開聆系統

‧等階——靈子藉體肉身等級。
‧境界——靈心修行境界。
‧力能——藉體力量數值。
‧智能——藉體智力數值。
‧體質——藉體抗性綜合數值。
‧巧速——藉體應變數值。
‧運氣——藉體綜合實力數值。
‧靈氣——藉體道能魔素增長與強度之綜合數值。
‧命體——藉體綜合生存數值，歸零則藉體亡滅。
‧魔素——藉體魔素存量數值，歸零則無法使用術法技能。

這是一種僅存在腦識的方形光幕，閉上眼，就能看得清清楚楚，裡面記載了一些基礎資訊，每一項都閃閃發出亮光，當意識了解後，就不再發亮，而呈現黑色數字，這是每個物種必然存在的修聆資訊。

這修聆資訊，隱藏了靈子個體最強大的保護機制與能為，由靈子既成的靈心識核修真境界，在到達一定程度之時，就可能因環境所造成的存亡壓力而實際呈現。

而這突然出現的能力呈現，就是靈子修真達到一定程度，映照靈心所成就之「道體真身」。

在玄清的修聆資訊，有著超越所有物種的基礎智能數值，而常昊的力能數值也極為不凡，這代表他們在各自之智與力的強項上，未來數值之進化成長，必然超越等階極限，而有極大機率在性命危急之際，迅速突破藉體限制，發揮出不可思議的神力，這就是由靈心識核所自動釋出的修行境界成果，也就是前面提到的累世修真達成「道體境界」，所必然衍生的識心無偽的「離妄真身」。

這靈心成就之「道體真身」，不受年紀與肉身藉體限制，皆能發揮真身之實力，而在藉體程度未足之時，差別就在不能隨心喚出，且無法持久或僅能出現於一瞬間。

由此我們能清楚了解，修行所到達之靈心境界，絕不因進行輪迴轉世而墮落，也絕不因藉體更換而佚失。

玄清——開聆系統

- 修聆　玄清。
- 等階　1級。
- 道體　縱橫——兩儀戰神。
- 境界　玉鼎金仙。
- 智能　20數。

常昊——開聆系統

- 修聆　常昊。

・等階　1級。

・道體　瞬移——魈鬼。

・境界　大乘。

・力能　19數。

第四回

兩儀戰神

小小的樹洞，是玄清與常昊暫時的安身之處，也是他們發願要從此變強的地方。

這世界的殘酷現實，讓這兩位苦命的小孩，在夢中還是無盡的逃命與驚嚇，縱於夢中乍醒，亦難言安，小小年紀雙眼所見，盡是完全陌生，與茫茫未知的魔物世界。

歷經一整夜不放棄地尋找，獨眼雪狼終於在蒼鬱松森林某處，找到了潛藏於樹洞的兩位小主。

「這兩小子可不簡單啊，竟然能找到這樹洞，還曉得要佈置隱密，嗯，總算沒枉費我這番功夫……得先幫他們找些吃的。」

就在雪狼離去之時，三隻小鬼探頭探腦地，窺視這小小的樹洞。

「跟蹤這老頭子果然沒錯，總算找到這二隻人族了。」

「快快解決回去領賞，別要那老傢伙忽然回來，我們可就完了。」

這是昨夜那個不甘心的小鬼領隊，帶了二位副手，偷偷跟蹤來的，因為雪狼常叔一處處皆仔細搜查，所以竟讓他們追蹤上了。

三隻小鬼，眼睛不斷注視著玄清、常昊的動靜，謹慎地搬開擋在樹洞外的石塊，這時一陣陰風吹來，將玄清、常昊凍得醒了過來。

玄清發現小鬼，著急地發動「冰刃」連發射出，但都被小鬼舉刀輕易格開了，小鬼隨即舉刀，連人帶身衝了過來，兩人正無防備，慌忙中常昊「銅盾之護」格刀，玄清首先被刺，連番數刃，劇痛深入骨髓，玄清淒聲大叫，意識漸漸矇矓，忽然間，金光併現，一時之間，三隻小鬼頭骨碎裂腦漿四溢，竟莫名地瞬間被秒殺。

這時玄清早已暈死過去，常昊對著玄清不知怎辦，只能放聲大哭。

雪狼常叔在遠處聞聲發覺異樣，趕緊奔回樹洞查看，發現玄清身受重傷，急忙做了緊急措施，總算護住了性命，向常昊問起了緣由，對這三隻小鬼突然暴頭而亡，常叔一時也想不明白，只能當作造化保佑了。

這三隻小鬼，自然就是玄清性命危急時，被其靈心識核自動釋出的道體真身「縱橫——兩儀戰神」所秒殺。

玄清殺的這三隻小鬼，等級可不低，都在四十幾級之間，這使得原本才一級的藉體等階，迅速獲得極高經驗，直接揚升到三十五級，而原本即有之造物祝福精技「生命之護」，也特別轉換至被動技能，這在玄清恢復意識後主動生效，而使身體快速復原。

除此外，玄清修聆資訊上之職業一欄出現了「策計師」這隱藏職業，且同時出現了木屬——「魔素運用」之新職業被動技能。

這可讓玄清興奮異常，急忙著檢視造化要給自己的訊息，玄清注意到自己多了340點分配數值，在不明所以的情形下連忙詢問常叔，而依照常叔所說，最好依循造化建議，也就是由開聆系統自行加點。

就這樣，在一陣輝光過後，系統建議之加點，讓玄清的智能到了220數值，而靈氣為120數值，玄清沒想到竟僅加這二項。而這數值確認後，浮現了原本隱藏技能「凍魂」與「變身」，這個變身技能，能讓玄清經由意識來控制道體真身的出現了，只是依照目前藉體條件，尚不能持久而已。

玄清嘗試這變身技能，喚出了九蛇修羅法身，身高三丈，蛇髮鬼面，虎背四臂，兇惡異常，正要試試能力，但僅維持不到十秒就換形了。

常叔一旁見著這變身技能，與玄清之九蛇修羅法身，終於理解那三隻小鬼為何會遭到瞬殺了，原來玄清的靈心修證，竟已達到道體真身境界。

這在雪狼一族的傳說中，是極稀有又神奇的存在，常叔思量這九蛇修羅，模樣特異，雖為兇惡，但莊嚴肅厲，更有王者風範，氣宇非凡，直覺玄清這真身境界必然極高，再以策計師這職業來說，更是他聞所未聞，所謂魔素運用，極似造化手段，故思量起玄清莫非正是神諭裡所說的濟世「聖王」？

聖王，是帝國裡普遍流傳的神諭，早在三年前就流傳於這北地，那自稱聖王的小鬼頭目，也就是依照神諭而廣召信徒崛起的，但這小鬼聖王，燒殺擄掠，無所不為，與濟世之義相差實在甚遠，常叔心想，或許這玄清，才是真正神諭所說的天選之人。

與方才七歲的小孩說這些神諭之事，未免太過於急躁，至少得先好好保護玄清他們，讓他們在這片土地上順利成年，但要在這邊安居，這樹洞只能是暫時的，需要更理想的住所，如果……臥龍山冰龍洞……嗯，那邊應該會是最理想的，自己應該找時間去探探。

常叔想了好一會，總之還是先尋找食物要緊，遂交代了一下，動身尋獵物去了。

玄清在不停嘗試新技能後，魔素消耗過度，甚為疲倦，竟直接睡著了，而常昊也是滿臉困乏，在把玄清拖回樹洞後，連著倒臥跟著呼呼大睡了。

就在兩人沉沉酣睡之時，朦朧中玄清隱約聽到常昊非常急切的呼救聲而驚醒過來，只見一隻特大巨蚓的上半身，從樹洞地底穿了出來，寬大的肉嘴下，那又長又堅韌的肉鬚，已纏住了常昊，正嘶嘶地發出叫聲，盲目尋找著他的另一隻獵物——玄清。

常叔外出未回，玄清魔素剛耗盡，也無能施展技能解救常昊，這常昊等階僅僅一級，就算用盡銅盾之護，也避不了被巨蚓吞噬的結果。這致命危機來得真是過於頻繁迅速了。

匈奴帝國這些年來，在國王——費章的治理下，人民生活困苦，百業蕭條，治安崩壞，國力衰弱。

在帝國各個所屬區域中，屢屢出現魔物洗劫偏遠村鎮的消息，然而帝國的應對態度，全都是放任魔物肆虐，不管人民死活，以至於魔物漸漸集結坐大，開始對更大的城鎮，展開了襲擊，比如帝國北地之「雪狼城」。

這雪狼城，人口數僅五千人，雖是小城，但是屬於西邊「冰原遺跡」的重要補給地與關卡，所以縱使地處極北，往來這兒的商旅與冒險隊伍仍然相當頻繁，各種物資寶器交易熱絡，甚為繁榮。

以遺跡在這世界上的價值而言，這雪狼城無疑是每個兵家勢力必爭之地。

這一天王國收到北地情報，小鬼聖王集結了數千小鬼部隊與數百冰原巨人，還有數百人的獨狼隊，佔據了雪狼城通往外界的南方出口，城主已連發數道救急文書。

從聖王集結大軍開戰，到如今雪狼城被阻斷通路，還是沒有出現帝國方面的任何救援消息。

「小鬼目的應該是冰原遺跡吧，這遺跡對我們來說沒什麼用，那小鬼口中的聖王若要，給他就好了，省得雙方為此大戰。」

「陛下，不可以啊！雪狼城還有五千子民等我們去救啊！要是晚了，恐怕都要沒命的！」

「叫他們快撤吧！現在我可沒功夫去管那種小城，哼！只要我的秘密軍隊練起來，到時要對付聖王那些小鬼聚集的魔物，都只是小事一樁而已。」

「陛下……陛下！不可啊！」

「別再說了，我還有事呢！」

國民的痛苦與無奈，就是出了這種不負責任的君王。

遺跡，是這世界的重要造物道器出現的地方，是每個王國最珍貴的實質資產，對於遺跡主權若受到危害，必定都會以傾國之力來捍衛，但對於這匈奴帝國，竟是例外了。

這國王費章執迷於他所謂的強力秘密軍隊，是因為盲目相信「技能創造」這技術已能發明的緣故。

修聆世界的各種靈子技能，是來自於造物主的祝福，總括分為三大類：「專精技能」、「職業技能」與「被動技能」。其中有些技能稱為初始祝福，是每人出生

在這世界上時天生就擁有的，這種初始祝福，與靈子入世前之執念，有著密切的關聯，比如妤娘的「專一」、玄清的「生命之光」與常昊的「銅盾之護」都是。

「專精技能」根據個人造化設定之特性，會隨著等級提升而自然出現，算是因應個人所理解並熟悉的技能與學習經驗而生成。

「職業技能」則是在邁入二十級這階段後才會出現，初始職業完全由系統直接認定，同時出現相關的必要技能，這是根據職業的不同與特殊性而成相異的技能體系，在等階達到四十級後，開聆系統更會出現造物任務——職業選擇，自然會有進一步更專職的技能與提升。

而「被動技能」，則是在意識清醒下就會自然發動，基本上論為神技，大致上分為輔助與守護二類，能出現被動技者，大約屬於受到造物系統認可者。

所有技能，都能由弱變強，可以綜合發展變化，衍成合技，甚至可以革新創造，這就是修聆世界中的最大特色，由此而衍成千變萬化的技能與極致成就的修行模式。

技能皆以五行分類，多數靈子之技能，最多只會出現二種五行屬性技之衍生，超過三種屬性的甚為稀少，這本因靈子五行靈根執性衍生之必然，事實上專一才能致精，這理道充分展現於開聆系統所運作之靈子技能表現，自然也是造物主教化之一環。

玄清——

職業：策計師。
等階：35級。
道體：縱橫——兩儀戰神。
精技：水——冰刃2級、凍魂1級。火——變身1級。
職技：木——凝形1級。
動技：木——魔素運用1級、生命之光2級。

常昊——

職業：無。
等階：1級。

道體：瞬移——魈鬼。

精技：水——穿刺1級。金——銅盾之護1級、強力1級。

職技：無。

動技：金——瞬移1級。

第五回

魈鬼

魔物巨蚓，身長數丈，無眼無足，口器外露，穿地、纏殺、捕捉獵物，都靠口器——肉嘴旁堅韌強力的觸鬚，肉嘴內多倒刺，一但被吞噬，必死無葬身之地，身上厚皮連環相接，質地有若土石，頭部特有一突起銳角，更是硬如鋼鐵，弱點僅在連結厚皮之間隙。

巨蚓發現獵物，必然執欲強得，從不退避，而且至死方休，一但遇上，可說非常難纏。

巨蚓——

種族：混魔。

等級：等級未知。

精技：木——再生。火——突進。土——穿地、吞噬、土靈之護。

因睡夢中來不及脫身，已被巨蚓觸鬚纏繞的常昊，情急之下拿出隨身小劍猛砍巨蚓長鬚，一連數劍沒能砍傷，常昊連續發動技能強力穿刺，直接往巨蚓肉嘴上刺過去，這一劍又是如入泥沼，對於巨蚓不痛不癢，但卻讓巨蚓大發脾氣，猛烈搖晃下朝著地面撞擊了起來。

玄清一旁看得甚是心急，苦在魔素耗盡，就連冰刃也無法射出。

這時常昊首當其衝，只見自己身體被巨蚓摔來摔去，銅盾之護，簡直失了作用，一身巨痛，伴隨著死亡的恐懼，陣陣襲來，終於在意識迷濛之際暈了過去。

玄清一見，以為常昊這時已經無救，徹底絕望悲痛的心似乎再次觸動前世的遺憾，源源不斷的，來自意識深沉永恆的悔傷，再次化成急切的欲念，一聲龍吟，來自這僅七歲的小孩身上，竟震得一旁數株大樹搖搖欲墜，巨蚓長鬚更因此嘯聲而呈現短暫的麻痺鬆弛，這終於讓常昊脫離了巨蚓的長鬚掉了下來。

常昊摔落在地，失去意識，正未知常昊生死，一陣嘶嘶作響，卻見這巨蚓又是一頭突進，猛烈地撞向常昊，常昊受這劇烈的衝擊飛出，撞向了對面之蒼鬱松，在這雙層打擊下，頓時嘴上湧出大量鮮血。

就在這時，巨蚓忽又穿入地面，地表寸寸崩裂下，迅速地從常昊身上穿了出來，巨大肉嘴再度咬住常昊，正急忙地往口器倒刺中送去。

玄清見狀，兩淚如潮洶湧，已知無能救助，絕望地縮在一旁。

忽然間，不知為何，巨蚓似乎異常著急得連忙將常昊吐了出來，玄清睜眼一看，常昊已變了個模樣，全身血紅，兩手如鬼爪，臉上獠牙暴露，一根金色獨角，從頭頂竄了出來，閃閃電光聲響，不斷從金色獨角尖端迸發出來。

只見一個瞬移，迅如眨眼之間，已到了巨蚓頭頂，常昊雙爪扯住長鬚，下肢變形鷹爪，牢牢抓著巨蚓厚皮，又見金色獨角滋滋電擊聲響急速擴大，四周漸漸圍成一圈光球，炫目得讓玄清睜不開雙眼，就在這時，一道驚雷電光由上而下，穿透巨蚓長大的身軀，一瞬間濃烈焦味蔓延，這巨蚓搖晃擺動抽搐，終於是漸漸倒下了。

在巨蚓沒了生命跡象時，常昊恢復了原來模樣，玄清趕緊過去檢視他的身體狀況，卻發現並無大損傷，倒像是疲累至極般，已經昏睡過去了。

清晨醒來，玄清想起常昊昨晚變身之事，也是重傷無意識時自動出來的，會不會是自己與常昊，其實都有著守護神啊？

玄清這時只知道用變身技能時，或者直接觀想，都可以在魔素量足夠時變成這強大的守護神，只是用直接觀想時，這守護神一下子就消失了，玄清不知道這道體真身——他所以為的守護神，其實才是原本的自己。

常昊在打敗魔物巨蚓之後，這可是蒼鬱松森林外圍區域內最強魔物之一，所以等階一下子到達了三十四級，同時增加了新技能，也在三個修聆項目中，呈現了新資訊。

常昊的真身，是屬於道體七大類「瞬移」之魈鬼，其強力技能在疾速位移與防禦破甲，以及具有多重減益效果之「鬼雷」，若單以個體戰鬥實力來論，瞬移之魈鬼，是完全不輸於兩儀戰神的。

鬼人一族，算是修聆世界上極罕見的種族，其幼年外型與人族極難分辨，唯一差別僅在頭部之尖耳，會隨著年紀增長而更加明顯，鬼人女性相當艷麗，男性則極為兇惡，這與我們所認知的修羅世界類似。

常昊修聆資訊的三個新欄位，一個是職業——暗影，這是如同無形密偵與絕地殺手的組合，這暗影職能衍成的，是能超越藉體限制之空間移轉，與優秀的藉形隱身並一擊致命之實用技能。

另一個是共生——血族，這是外形與鬼人幾乎相似的稀有物種，唯一明顯差別，在於頂上側角，還有口中犬齒隱現的尖牙，男性英俊高大，頭角崢嶸，女性苗條甜美，頂角嬌小，與鬼人一族最能成為天生一對。

還有一欄就是相應職業的技能「鬼針」與「影分」，技能鬼針一旦命中要害，就能將對手瞬殺，而影分則是另外化出分身，這分身具個別意識，可執行不同於本體之各類行動任務。

這影分技能，堪稱為神技，一人雙化，完美呈現了陰陽二極體之特性，這是屬於暗影之獨有技，可知這職業屬於極端稀少而隱密的，常昊能由系統擇定暗影，與他前世因執行道門暗影任務而喪命之時，直接由系統轉生修聆世界，有著極大的關係。

除此外，常昊之升級數值加點，也由系統建議，針對暗影職業，加在三類最需要的基礎能力上，即使力能達到了200，體質50，靈氣為100之數值。

獨眼雪狼常叔回來後，見這一切遍地紛亂，詳細了解後，對這兩位小夥的異變，確實了他心中的猜想，唯有天命聖王，才會伴隨著輔佐一爭天下之良將。

冰雪天地。絕龍藏縱。

降魔鎮聆，聖王玄清。

心中主意已定，帶著玄清與常昊，直接前往了臥龍山脈冰龍洞。

循著鬼浮河再往下游，穿過星鬱松一地原始森林後，繞過星玥湖畔，就貼近了一整群冰凌山脈。

常叔帶著兩人，在一處巨石上休息，此時陽光正午，這在北地的此時，卻是溫暖，向前望去，已看得到神秘的星玥湖，在陽光溫柔照耀下，湖面微波泛動，舞姿優美，極為靜瑟，回頭看這山脈陡峭嶙峋，奇石疊深，也是高險。

在這邊找一個長居地，雖是不易，但避免魔物侵擾上，卻是踏實。

一處不算太高的峭壁上，有一處面向蒼鬱森林，若似天然造就的冰山環型洞穴，常叔心想，若這冰龍洞主人不能允許，這裡也必然會有其他洞穴可以讓他們居住的。

此處南方前往「忘魂峽谷」，越過山脈往東則接臨「印星海」，西面正對著一大顆珍珠似的「星玥湖」，山勢雖為險峻，風景卻是神秘而秀美，看那矗立之層層冰壁，映照了躍動之七彩，身歷其境就能有此體會，這就是朝鮮山脈延伸下來的一條西南縱走支脈「臥龍山」。

三人沿途所見，盡是堆砌冰凍之奇岩巨石，居臨山腰微光之處，則綻放著一處處的「冰凝花」，藍朵伴著翠綠，整整一片，相當壯觀而且晶瑩可愛。

在常叔連番縱躍下，離地越來越高，幾乎擠進了雲端，常叔熟練地在一處轉角，跳入兩層冰壁之間，進了這冰龍洞。

這洞穴環形四周，盡是高聳的冰壁，只前方向西處有一拱型洞門，至少四丈高度，空曠清靜，溫暖不寒，舉目四望，更無長物，唯獨看見中央一堆形似臥床的冰凌花堆上，極謹慎細心地安置著一顆晶瑩剔透的冰龍蛋。

玄清、常昊可沒見過這般大的冰山洞天，好奇之下，也拘謹得不敢亂動。

夜幕降臨，天外飄起陣陣大雪，正胡亂吹拂堆疊著，隱隱然似乎伴隨著青色電雷閃動，接著青雷電光聲響，霹靂纏繞，漸漸頻繁，與這洞口越靠越近。

仔細一看，一隻全身覆蓋雪白鱗片的龐然大物，收斂雙翅，邁著雙爪，一步步地走了進來。她形如蜥蜴，頭頂卻又長著雙角，雙眼藍光燦爛，情態威嚴無比。

這宛如北方至尊的絕地冰龍，正注視著侵入她洞穴的這三人，隨即正對著玄清開口道：「是誰准許了你們，膽敢進來我這兒？」

第六回

絕地冰龍

在修聆世界中，造物道器除了在遺跡出現外，也有極少機率出現在各地的特殊隱藏地點，其中最為珍貴稀有，達到稱為「御真道」等級的，則以聖靈之類最是讓人執得與羨慕。

這些極為特殊的御真道，可說是造物主特別安排給修行者的道器，這以道器的設定裡，本來應屬於造物主對各擁有者的考證，但其實也有些是特別針對這修行靈子的幫助，這應該算是造物主的私心，或者說是這靈子之天祿。

聖使玄生要求明道，在引渡謫仙人於修聆世界時，特別賦予他剛剛開發成功之「真祖」通用立成眷屬能力，而這可是修聆世界上極為少數的契約設定技能，以未來這發生在玄清身上的奇蹟而言，算是造物主玄生最明顯而又最為貼切的幫助了。

洞穴裡的這顆冰龍蛋，可是貨真價實的御真道，是聖使明道之安排，也是玄生疼惜謫仙人前世遭遇，所特別循理造作之私心。

「絕地冰龍，北方至尊」，這雖是遙遠的傳說，但這名號在帝國，至今仍屬眾

人皆知。

在數百年前之時代，北地雖然寒冷，但沒有像現在這般一年四季都是冰天雪地，仍然有著明顯的四季變化，直致兩條龍族的出現，改變了這環境的一切樣貌與規律。

在那當時，熾煉魔龍與絕地冰龍之戰，橫跨了整個北方疆域，為何爭鬥，無人知曉，只知那時，萬靈塗炭，北地因他們的爭鬥，化成了南北兩方不同的地獄，一個寒凍凌冽，一個熾熱炎烆，這種環境之丕變，將這北域生靈，屠戮了殆盡。

這也是北地荒涼，生靈稀少的緣故，後來聽說是經由隱世賢者的協調，讓他們進行了一場決鬥對賭，輸的一方，要甘願受對方禁制千年，因此雙方立下了造物之誓，終於將此世人眼中的鬧劇，劃下了句點。

其後，冰龍僥倖戰勝了魔龍，將之封印於星玥湖底，而用永恆絕對之「寒冽龍息」，將整個星玥湖徹底冰凍了起來，但從此這北域，也就幾乎僅剩冬季，真正成為冰雪之天地。而絕地冰龍也在星玥湖之對面山脈峭壁築巢靜養，順便監視魔龍動向，這一待到如今，也就是數百年之久了。

這自然也是星玥湖附近在歷經數百年後，因為地底魔龍之故，導致魔素過於濃郁，以至於魔物盛出，成為北區生人禁地，也因此出現了諸多傳聞之理由。

「原來如今這樣的冰雪天地，竟都是前輩您造出來的。」

「嗯，不鎮住那魔龍，北地生靈恐怕早都已經不存在了。」

玄清與常昊原本被這冰龍的質問，驚嚇得不知所措，後來知道她本與常叔非常熟識，完全就是開個玩笑，兩人大為放心，就一股腦兒，好奇地追問著常叔，差點將整個冰龍近代歷史探了一遍。

由此也得到星玥湖底魔龍終將再出的隱憂，更知這魔龍僅為分身，若不由本尊著手，根本無法真正消滅。

所以冰龍為尋求徹底解決的方式，在這數百年不斷地探察之後，終於得知於「鹿野平原」一處空間障壁後之恐龍世界，才是魔龍本尊所在，但這空間障壁有著五道封印，經反覆調查後，確認目前僅能由初魔一族才可能將之解開，這說明了造這封印者，應該是原始魔界中之惡魔一屬。

但這惡魔之屬，號稱魂執七衍罪，只在乎自己強烈執著具興趣的，可不是輕易能成為助力，因此冰龍打算再度拜訪其他舊識，來尋求更多可能性，也趁機尋找將來對付魔龍復出的可靠戰力。

在理解常叔與冰龍的這番對話內容後，玄清與常昊並沒有表現多餘的煩惱憂慮，反倒是充滿更多的興奮與期待，在冰龍將其未出世的孩兒，託付於玄清他們之後，兩人熱切地問著常叔，有沒有能像冰龍一樣強大的真正方法。

嚴冬過去，總算迎來了溫暖的初陽，北地的國度，依舊冰寒，但已升起了繁華的曙光，「冰晰草」是這一帶才找得到的龍草，生長在崖壁上，一株一株形如倒吊的蕙蘭，體型巨大，通體冰晶透明，新春的暖陽，會讓它開出金黃色的小花，一整群，一整群，層層疊疊，好不熱鬧，遠遠望去，就如華麗的水晶吊飾，倒映金黃色的輝光，點綴這一片飽經歷練的霜寒。

冰凌花與冰晰草在這臥龍山峭壁上，由冬至春，接連盛開，它們千年來悠然地生長在這，人們不知來歷，只做欣賞驚嘆，看它年復一年，熱鬧照拂著這無情的冰雪天地。

那位賢者，描寫了這般景象，詩句中隱喻了造化大道之恆常。

臥龍千年景，點綴繁華今。

冰凌寒冬遇，初春晰草新。

人生希冀結果，唯有歷經艱困方得至善，環境險惡嚴酷，也必將迎來明日的更新。

「從這往南十里之處，在忘魂峽谷之內，有一處造魂魔窟，傳說是造化之地，裡面魔素匯聚，會自動生成魔物，由外至內，魔物種類有明顯區隔，其實力與等階也會跟著越強，算是適合藉體磨練的好地方。」

「對這逍遙門，你們可要特別當心，這是專門培養殺手的組織，早期名聲響亮，但近來無惡不作，若是有遇到了，盡量閃避為宜，以免惹禍上身。」

「等你們滿十歲後，再帶你們前往造魂魔窟訓練，這三年內，好好把技能熟悉，要天天訓練，不可懈怠，這樣才有條件去造魂魔窟試煉。」

這些是常叔經常交代的，玄清與常昊，時刻盼望著能開始進行試煉的那一天，但對於逍遙門一事，倒是毫不介意地忘了。

冰晰草散發的特殊香味，濃烈而醉人，薰得玄清、常昊懶洋洋的，讓自己放了好幾天的假，舒服得過起人生來。

這一天冰晰草香味終於是淡了，便在這時，兩人聽到了破殼聲響，這冰龍的幼子，好奇地探出頭來，一臉淘氣地看著他們，玄清一見，心底湧出一股莫名情愫，這在年僅七、八歲的小孩身上，是很難出現的情感。

這冰龍幼子，外型與其母龍相似，差別在晶瑩剔透的身體，恍如水晶造就。

兩人圍繞這冰龍身旁，好奇地看著。

「是不是應該幫他取個名字啊？」

「嗯，我正想著呢，只是不知是男還是女？」

「現在他自己也不知道吧。」

玄清想了好一陣子後：「嗯……那就叫她菲菲吧。」

「這好像女生的名字。」

「是啊，我心裡只想到這名字，就脫口而出了。」

就在這時，玄清靈心識核之道能傾瀉而出，接著冰龍身上金光縈繞，一道真祖印記，在冰龍翅下腰間，停了下來，隨即輝光閃耀，這剛破殼而出的身體竟呈現了進化，這時玄清感到異常疲累，好像整個元氣瞬間被抽乾了一般，又好像剛經歷了一場大戰，總之兩眼已睜不開，昏沉沉地睡去了。

冰龍菲菲完成進化為「聖雪」後，藉身已成人形少女，一履及腰白髮，肩上戴著一雙小翅膀，漂浮半空，環繞迴旋，不時依偎著玄清，非常非常的可愛。

這冰龍菲菲，當然就是玄清前世的摯愛，是明道聖使將她的靈心重新塑造為御真道之聖靈，玄清一見，即觸發內心深層之情愫，同時也開啟了深鎖記憶的障壁封印，而未來謫仙人的執愛心魔，將在與菲菲正式重逢後，徹底達成圓滿破除，這是彼此突破了前世記憶障礙，而終究迎來的美滿結局。

聖雪菲菲，正是兩位七歲孩童在初始艱難的人生旅程中，造物主所賜予的第一位真正強大可靠的夥伴。

菲菲——開聆系統

- **修聆**　菲菲。
- **種族**　冰龍之聖雪。
- **等階**　1級。
- **境界**　渡劫。
- **體質**　30數。
- **靈氣**　100數。

常叔離開冰龍洞前，與玄清、常昊強調：「只有依靠自己，才能真正的強大，你倆要謹記這句話，任何依賴的想法，都是未來進步的絕對絆腳石，此後你們就安心地住在這，好好磨練自己，快快長大，以後有著大事等著你們去做呢！」

「是報仇嗎？」

「這可不算大事。」

「報仇不重要嗎？」

「不是，但有比報仇重要的。」

「哦，那玄清你說說，什麼才算大事？」

「比如消滅魔龍之事，又比如能讓大家安心過上日子這事。」

第七回

紫衣情愫

這裡屬於星玥湖的外圍，一整片蒼鬱松的森林，在冰龍洞下方地面不遠之處，是唯一陽光充足的地方，所以充滿了野菜、花卉，當然還有不少的小動物隨機出現，玄清與常昊這三年來，一直是在這區域活動而已，對這附近環境，早已非常熟悉，撿拾材火，獵捕野味，採摘新菜，更添春卉，這是每一天例行工作，除此外，就是全體技能上的修煉。

今日一如往常，例行工作剛結束，兩人感到陣陣的紛亂，遠遠望見那鬼浮河一端似有強烈的爭鬥，那術法道氣的波動，與能量對撞的震撼，驚動了一群日間隱匿的小動物，正不斷從巢穴中奔出，往這裡四散逃竄。

忽然，一道紫色倩影，朝這處迅速飛躍，瞬間一閃即逝，這宛若縮地瞬移的速度，快得讓兩人都沒能看清，玄清、常昊一時好奇心起，也緊跟著往這紫影遁去的方向追了過去。

很快的，兩人發現另一道雪白遁光，正由另一端疾速逼近紫影，在一式「縱起截道」，紫影閃避不及，被逼得在星玥湖畔停了下來。

一頭巨大的雪狼攔住了一位紫衣少女，在彼此對峙下，紫衣少女胸口起伏略顯慌張，但仍字句分明地說道：「如果你能放過我，紫衣不會忘記你這回恩情的。」

「呵呵，我這外門星使，正要立功機會，既奉了門主命令，豈有空手而回的道理？」

「組織作為，已喪盡天良，豈值得我們為他效命？」

「門主是至高無上之人，他的命令，必有真意，豈是我們這些凡夫俗子所能置喙？」

「我相信天理，但絕不盲從，像這次交辦眾星使的任務，難道你真能忍心？」

「『天譴滅族，乃自獲於天』，這不是說得很清楚了嗎？」

「哼，隨意滅人一族？真有作惡的大人也就罷了，那其餘小子又是何辜？」

「妳既然進了組織，就當忠心不二，永世追隨，妳這可是發過咒願的，怎可中途脫離？」

「紫衣豈能助紂為虐？當時無知，被人蠱惑，那些執願，怎能作真？算了，你既然堅持，那別怪我不顧往日情面，就在這分出高下吧！」

「哈哈，真是可惜了妳這標緻的臉蛋，可別怪我心狠，想與我分高下？要知道本爺覺醒的時候，妳還在喝奶呢！」

這雪狼欲求速決，欺這少女尚未進化覺醒，遂一聲長嘯，化出三頭地獄犬藉身，銅身火煉，靈搖噬魂，簡直地獄看門，兇厲異常。

這地獄犬尚未動作，紫衣少女手上已多出兩柄彎刀，交叉護住上身，躬身一躍，幾個翻身，鎖住地獄犬後頸，由上往下揮刀狠砍了過去，這下速度快極，眼看得手，只見地獄犬仰頭咆嘯，倏地噴出火來，逼得少女舉刀迴身，然這火勢沖天，少女不能閃避，身上紫衣被燒了大半，無意外地露出兩條雪臂，隨即將身上紫衣一扯。

此時玄清眼前所見，少女內著勁裝，身型窈窕，兩眼憤恨欲淚，俯身下腰，蓄勢待發，一聲叱喝，再度旋身翻轉，快步遊走於各方位，幾乎是在同時，地獄犬身上受了無數刀刃，只見這犬哈哈大笑：「憑妳這小姑娘力道，還不能傷我這藉體分毫的，門主交代了，死活不論，妳既固執不從，就別怪我下辣手了！」

隨即見犬身三頭，同時蓄積雷光電火，漸漸匯聚形成一團猛烈光球，此光球牽動出電閃雷擊，引得周遭火舌處處，宛若地獄景象，這式攻擊，似乎涵蓋了極大範圍。

少女自知此招厲害，無法閃避，絕望下雙眼緊閉，不再做任何抵抗。

在這危急時刻，玄清、常昊互道：「救她！」同時動作。

常昊化身魈鬼，瞬移近身救人，在絕不能閃避之「魂雷赦業」下，輕鬆救走了紫衣少女。

正當這地獄犬驚愕不解，一個十歲左右的人族，已擋在他的面前。

玄清張開雙手，稚嫩地說道：「我們在一旁都聽到了，你是壞蛋，若要糾纏不休，我們就不客氣了！」

「咦，剛剛那是……？哼，就憑你這乳臭未乾的小子，不趕緊回家吃奶，也誇口干涉你爺的事？」

玄清知道他的外型實在不夠令人震撼，遂喚出了九蛇修羅真身：「別小看我，你再不跑，我可真的就要動手了！」

這玄清真身一現，嚇得這雪狼，立馬縮回了地獄犬藉身，真沒想到這小小年紀……難道祖宗傳說的「道體」是真？「算了，本爺不陪你們玩了，忠告一句，逍遙門不是你倆惹得起的，這麼想惹禍上身，就請自便吧。」

常昊這時尚未解除鬼魈型態，差點把這少女嚇暈了過去，經玄清提醒，趕緊解除後兩手又緊抱著人家，呆呆地看著少女，還是忘了放下。

紫衣少女扭捏地要常昊將她放下來，常昊沒見過這般美麗的樣子，心中孺慕之情，已油然而生。

「要不要跟我們回山洞做家人，一起有個照應？」

「紫衣會連累你們的，今日救命之恩，來日有緣再報，紫衣還是先告辭了。」

「等等，妳不跟我們一起，會沒命的，剛剛那隻雪狼，他可沒打算放妳走。」

「你們雖然武藝高強，但不知逍遙門的可怕與實力，憑我們……僅憑我們是沒用的。」

「放心吧，他們想找到這裡，也沒那麼容易，更何況，我們還有冰龍當家人，她可是很強的。」

「冰龍？家人？北域至尊絕地冰龍？」

「是她的女兒，叫菲菲喔！」

紫衣想了一會，還是搖了搖頭說道：「寡不敵眾的，紫衣感謝兩位好意，我身上被下了暗記，若跟你們回去，必為你們引來無窮殺機的。」說完拱手，隨即躍身離開，轉瞬間已不見蹤影。

大過述言

道體「真身」與進化覺醒之「藉身」，兩者所呈現的實力等差，是完全不能比擬的。

道體真身，是靈心識核達成道證境界所衍生，而進化覺醒，則是存在於非人種族間的一種藉體外型與能力上之突破。

靈子於藉體修煉過程，藉由經藏功法之修證圓滿，再以覺醒行步來突破藉體肉身限制而實現進化，就能實際改變藉體型態且增進強能，這是藉體鍛鍊上實際深刻的體悟領略，才能產生的一種強大成果。

所以需藉由各種磨練以成突破，又或者遭逢特異劇變、生命受到威脅，也會有極小機率因靈子自保機制，而由靈心識核強收藉體殘存道能，再自行重造藉體啟動，這算是觸發了世界「道化」之機制，即是在一瞬間，與世界之道合一而成。

除此外，也有另一種方式，是因為識核聯繫而發生，這是因為在受到其他識核靈能之後，由於大量靈能之匯集，突破原有之藉體限制，而呈現了進化，這也會因此而覺醒。

玄清與菲菲締結眷屬契約後，菲菲產生的進化覺醒情狀，就屬於這一種。

在修聆世界，覺醒能大幅增加藉體基礎能力的原始參數，而實際提升原本之實力，在這時刻充滿危機的世界中，這靈子藉體出現覺醒的時機，自然是要越早越好。

第八回

戰團

「聖天神戰隊」是由海外北方之大國——聖菲爾王國，為了完成神諭指示，專門來到帝國這北域，以尋找神諭所指星玥湖聖地之冒險戰團。

「戰團」是修聆世界中冒險隊伍的稱呼，由「前鋒、探偵、輔助、後衛、速殺」五項主要職業之聯合，來形成安全穩固又有速效之團隊，通常由五至七人組成，共同目標就是遺跡之道器尋寶與藉體肉身的修行訓練。

這一行七人，以大天使為首，專精「聖光加護」與「天罪之雷」，根據這隊伍組成，可以判斷是頗具實力之戰團，這戰團所屬公會，稱為「光明聖護」，他們所接下的神諭聖地任務，就是為光明聖護找回隱世長老「千古卜一——吳道一」。

由於神諭所指百年「天道之選」，即「十王御政，戰魔亂世」，即將開啟，各國具有長久歷史的公會，都深知天道之選這百年災劫之可怕，也就是百中僅留一之生靈滅亡預言，根據歷史經驗，絕對真實無虛，故皆急忙在這時招集長老，以求未來共同應對。

天道之選必歷百年世界戰亂，屬於末日天劫之一，這真相就是造物主對於修行靈子之靈心考證，對於荒原宇宙各世界來說，都有各種不同之天劫方式，其目的都是相同，也因為這是造物之造作，所以有了神諭之預言。

三年前，小鬼聖王集結了幾千大軍圍困雪狼城，也是與神諭相關，這是天劫正式啟動前之權力誘惑，必有各式神諭惑心，一一誘導著私心強執的領導者，貪圖眼前利益失去理性，犯下自我毀滅的愚行。

在帝國北域之戰團，大都集中在雪狼城與西城之中，而以雪狼城最接近冰原遺跡，是屬於各大戰團集中的地方。

由世界各大歷史悠久的冒險公會，聯合公認之判定項目並戰團任務實績，將冒險戰團整體綜合實力，分成了七種不同等階，第一持木牌，為下下階；第二持鐵牌，稱為下階；第三銅牌，為中下階；第四銀牌，升為中階；第五持玉牌，為中上階；第六持金牌，已成上階；最後持金鑽，是為最高榮耀上上階。

雪狼城公會，稱名「戰狼」，是世界知名的百年公會之一，旗下有三個最強戰隊，分別為天鷹、鳴虎、鬥狼，實力皆屬金牌等階，在三年前護守雪狼城之戰役中，由於各戰隊意見分歧，公會旗下這三大戰隊，各自組織了聯合戰隊，取代了戰狼公會領導指揮之功能。

因為在守軍嚴重不足的情況下，城主主動請託戰狼公會旗下各戰隊協助設防，並應允日後與公會共同治理城中事務，所以在打退了小鬼聖王之軍隊後，這三大戰隊將雪狼城均分為三大勢力所管制，並順勢架空了城主權力，使這雪狼城雖仍為帝國名下，但實際已成了這三大戰團的附屬地，脫離了帝國統治。

而這具有百年以上歷史的戰狼公會，自然就已經名存實亡，這消息傳至國王費章耳中，竟也不算什麼大事，這荒誕的君王，也不知這是帝國分裂的肇始，就這樣隨意地默認了。

聖天神戰隊

雪狼城東側街市，舉目可見大大小小的酒吧齊聚，是各地往來情報集中分享的地方，也是外地人想要了解本地時，最理想的去處。

這一天，來了一團陌生戰隊，一行七人，為首的長相近似人族，背後有雙巨大羽翅，正四處打聽星玥湖的去處，這戰隊全員天使一族，各個長相莊嚴美麗，在酒吧中，實在非常醒眼，異樣的眼光，紛紛投射了過來，而多的是不友善的神情。

這是來自海外聖菲爾王國的戰隊，在接下神諭任務後，日夜兼行趕路，馬不停蹄地，輾轉間已飛快地來到這雪狼城。

於雪狼城做短暫停留，主要是探聽星玥湖之所在，並詢問相關冰龍之古早傳說，多數在地人對這海外來的，充滿了不耐、排斥與不屑，所以大都選擇不予理會，但有好事者卻故意將路徑，指向最危險的魔鬼洞區之小鬼陷阱，就想讓這群外地人，好好體驗一下北域致命的生人禁地。

人心之險惡，猶如隱晦之蛇蠍，什麼時候咬你一口，可是難以預防的，在江湖上行走，靠的只有明辨的智慧，若只知道與人為善，過於天真善良，是會把自己推向危險深淵的。

曾有人暗示了這區域的危險性，但這大天使隊長似乎對自身戰隊的實力深具信心，過於相信自己對人的判斷，到最後還是沒把這忠告放在心上。

進入百里羊腸小徑之魔鬼洞範圍後，一行人早就被小鬼密切盯住，依照指示路徑一路向前，感覺非常順利之際，豪不令人意外的，中了小鬼埋伏，一番激烈爭鬥之下，戰隊幾近全滅，最後在大天使捨命堅持下，隊中負責聖護治癒的小天使，終於能夠突圍而出，向著小鬼不敢輕進的蒼鬱松森林逃了出去。

正當玄清與常昊，無奈地面對紫衣突然離去，而依依不捨、若有所失之際，天空中忽然墜落一隻長著雙羽翅的人形物體，玄清、常昊兩人一見，即刻用雙手緊緊地接住，仔細看時，才知她受傷嚴重，已失去知覺，遂興奮得互相商量討論著可以救她的菲菲，而將她帶回洞中照料去了。

猿降魔戰團

在天使陳桐醒過來後，說起了她過去的緣由，也提到了她所屬的戰團覆滅，而傷心不已，玄清與常昊試著安慰時，突發奇想地說道：

「我們現在有四人，常昊做前鋒；陳桐當輔助；菲菲後衛；我當速殺，恰好可以組一個戰團。」

「好喔，那戰團要叫什麼名字？」

「嗯……猱降魔戰團，好不好？這秦代表勇猛團結，犬字能代表常叔，也代表我們的特性，降魔是我跟常昊的願望，如何？」

這是玄清四人未來的旗號，也是徹底改變人民命運的「猱降魔戰團」，洗煉之火，淨靈之噬，天血之義，聖雪之輝，不久將因此戰團而稱名了整個帝國。

造魂魔窟

在整座臥龍山脈之南方忘魂峽谷，有一處極為隱密的天然山坳，這裡巨蔭壟罩不見天日，長年魔素濃郁，陰氣森森，在這冰雪國度，是一處所有生物都避免接近的地方。

這入口就像一個巨大的鱷嘴，上下獠牙交錯，兩邊堆積了一大片骸骨，有些血肉未淨，模糊中帶了惡臭，蛆蟲鑽來鑽去的，極度恐怖與噁心，曾有人謠傳，這裡是造物主創造物種的實驗場，所以魔物種類甚多而且都能共存，這就是常叔三年前所提到的最佳鍛煉之處「造魂魔窟」。

這一日，玄清與常昊已年滿十歲，常叔依約前來。

「要進入這魔窟，需要呈上大型動物獻祭，送上完整的屍體，這鱷嘴就會打開，這僅有幾秒中，需要在它張開大嘴時迅速通過。」常叔仔細地做了各注意事項之說明。

「這裡邊的魔物，都是魔素所衍成出來的，所以並不具備自我意識，只會呈現原始本能，就像現在我們遇到的這樣，向外來者不斷地攻擊和殺戮。」

「魔素就是『道能』，會由生物的各種痛苦情緒大量產生，或者在靈魂消失後也會出現。」

根據九玄經藏記載：「故言靈子之心皆水火，若太極之運轉，如道能之渾成，是知此心動妄，則太極獵震，故道能失穩，若不知節，道能當逐漸散離矣。」

可知這道能，其實就是靈心識核內的能量，這識核皆為薄弱，非常容易因劇烈情緒的波動，而導致重要的靈心能量迅速由識核往外散離，所以如果靈魂消失，代表識核崩壞，自然也會出現這所說的魔素了，其實這也是魔物普遍都喜歡進行殺戮之理由，藉著逼出靈心魔素，再藉由吞噬魔素，來達到強化自己提升境界的目的。

玄清思索著常叔所說的道能魔素，隱約覺得這是他本來就非常熟悉的，在觸碰他前世潛藏的記憶中，有著透過意念吸收環境魔素的想法，隨即伸出了右掌，試著發動念想，在嘗試了幾次之後，果然發現一些魔素，已慢慢地往他手上集中了過來。

這有如一股溫暖而稍嫌炙熱的能量，在手心集中後，自然地順著手臂向上，進入靈心識核之處，這似乎有著固定通道，但有些狹窄阻塞的感覺，在多試幾次之後，這些能量就有越走越順的跡象，而通道也似乎越寬而不呈現阻滯。

常叔帶著新成立的戰團——猿降魔，進入這造魂魔窟，要大家只能先在入口處試煉，他會在一旁注意，以免發生危險。

玄清在進入之前，本就一直用著意念吸收著環境魔素，因此注意到自身魔素之數值，都一直呈現在滿值的狀態，確定了透過這方式就能迅速地補充藉體內之魔素。

這個發現，讓常叔很是欣慰，本來刻意不說，希望他們自行體悟的技巧，玄清竟然在短短時間內就已了解，驚訝之餘，玄清已著手教著常昊他們使用技巧，這不禁另人讚嘆，這孩子的特異天份與無私的心腸啊。

就這樣四人漸漸熟悉掌握這吸取魔素的技巧，而能持續使用技能產生力量，在這情況下，輕鬆地在這造魂魔窟入口處，一行人進行了極有效率的修煉。

過了數個時辰後，玄清驚喜地發現，魔物的等級顏色，已由赤黑轉淺綠，這代表他的等階已提升，其實在這三年內的勤練技能，也沒能讓他突破等級限制，這是困擾他已久的問題，所以發現這種升級速度，讓玄清產生了進一步更大膽的想法——進入魔窟深層區域。

另外玄清的凝形技能，也是他一直無法運用突破的，在於之前所製造出的魔物藉體，都在成形未穩固之前就潰散了，這時的升等，讓玄清再次嘗試之下，終於成功地造成一個魔物藉體，這魔物照玄清的想像生成，正是菲菲幼龍型態樣貌，不過還僅是單純之藉體，並不能真正行動與作用，但也足以稱作是個大進步了。

這一次的魔窟修煉，讓玄清等階提升到了三十八級，而常昊也來到三十七級，菲菲則本由一級躍升至二十級，至於陳桐則由十五級提升到二十三級。

玄清與常昊的技能沒什麼變化，倒是菲菲與陳桐都出現了造化系統賜予之職業，菲菲是「祭司」，陳桐是「解說者」，相對的重要職業技能，菲菲是「玄冰之護」，這是能大範圍施予隊友的強化輔助技，而陳桐是「鑑定」，是有著高超的事理分析與發展推測之神技。

單以職業來論，玄清之策計師，本專重於佈局領導，其兩儀戰神，可以擔任速殺任務，常昊之暗影，配合其真身魈鬼，最適切於擔任前鋒角色，鬼雷更是能做大範圍擊殺與弱化之絕技，而菲菲祭司的玄冰之護，更是能大大提升全隊員之生存能力，做為後衛，必能勝任，陳桐之解說者，則能極有效輔助領隊，做出更精確的決策，其精技本為治癒，更是最佳輔助之選。

這整體等階提升與職業之配合，使得獉降魔戰團，在僅僅為四人隊員之時，已成為世上接近完美的戰團組成。

這完美組成，可是玄清一行人前往魔窟訓練的實在根底，在玄清大膽的前進深層魔窟之策畫，與其餘三人的協調配合下，玄清個人等階，終於來到了關鍵轉折點——四十等級之轉職選擇。

第九回

靈心修煉

在將靈子識核內之道能稱為魔素的這個世界，人們對於魔素的運用與認知，僅僅停留在強化自身的修行上，而不知這魔素所能為之各種演化，正是造化大道之根本途徑，只要此能不竭，其道必恆轉。

此依九玄經藏所論魔素衍用之義：

「魔素之衍，化無形為有，化有形為無，此即易五行之質，更形質之貌，變動靜之能，讚實道之常，以成萬象之新，世界由此而明現。

故其能也：凝形以造體也，役魂以驅用也，滅形乃返無也，滅識以禁錮也，造魂以生有也，噬魂以淨全也。此能為魔素衍能造作，即為策魂。」

這就是隱藏職業，玄清所選擇的策魂師之由來。

在荒原宇宙的世界裡，有一種族群，以探究魔素運用為目標，歷經千古，不曾停歇，隱蔽幽明，不擇手段，這族群被稱之為——噬魔，與策魂師目的相同，然道相異，一為邪執，一為正業，自古以來，勢不兩立，其中因果，在職業之認定後，即得宿命牽引而無可避。

這噬魔在修聆世界之組織，雖是遍部全球，但非常神秘，其名「神滅」也僅是帝國內極少數掌權者知道而已，但究竟都是只知其名，未得其實。

玄清在等階終於來到了四十級之後，修聆訊息上出現了一道道針對轉職建議上極明顯的提示：

第一種建議：「鬥魔行者」，光屬性，因你滅殺對象絕大多數屬於魔種，所以提供你這相性職業，未來對於各種魔族傷害都會有相當明顯的加成效果，近身肉搏或遠方術功，都是這職業的優點，一對一之強敵對峙時，相當具有優勢。

第二種建議：「邪法師」，暗屬性，因你善於利用法術屬性制敵，巧妙地以弱勝強，所以提供你這種更為實際強法的職業，不僅能行使大範圍之滅敵術法，也能針對個體進行極具威力之滅殺。

第三種建議：「策魂師」，聖魔雙屬性，因你善於取魂素強化體質應敵，所以提供你這職業，幫助你探究魔素的真理，也讓你對魔素運用更為廣泛。

這聖魔雙屬性的出現，與玄清之真身是兩儀戰神有關，其道體一善一惡，一聖一魔，本屬於他修行的方向，而開聆系統，就是造物主用來輔助靈子修行的，故依其真身而有這番建議。

玄清考量這三種特殊職業選擇，只有策魂師描述的最少，但也代表充滿著更多可能性，於是做了策魂師這職業的決定，這也因為他對於道能魔素，一直有著極強烈的研究慾望。

賢者——千古卜一

江湖吾道一。常隱臥眠深。
千古皆一卜。釋盡天下愆。

天下大亂之際，欲心執妄，群雄爭鋒，萬事變異，強志抑息，唯具有絕對能力且善於謀略者，才是未來真正能成就萬世大業之人。

這玄清雖然年僅十歲，但以常叔這三年的長期觀察，他這些條件似已初步具備，應當開始全力輔助玄清，來協助完成這聖王所指百年造化之天命，也就是利濟天下匡扶世道之任。

獨眼雪狼常叔，在這冰雪天地裡，本是一個傳說中的存在，他原本是在星玥湖一帶混跡成名的俠客，剷邪扶弱，不畏強權，甚是受人尊敬，在一次遭小鬼與巨人圍攻，而能殲滅眾小鬼且獨力殺敗天敵巨人之後，就此聲名大噪，當時此事在北域之人，幾乎是無人不知，無人不曉。

後來冰龍欣賞他的為人，皆持正義為民，故主動與他相識成為好友，而另一位隱居於星玥湖之賢者，也因此成了他的至交，從此江湖上稱他為「獨眼之龍」，與絕地冰龍、賢者，合稱為「北域三尊」。

而這位賢者，就是當時協調冰龍與魔龍決戰的那一位，他長期隱居星玥湖，從不過問江湖事，所以世人大都不知其名，會稱之為三尊之一，自然就是因為平息了二龍爭鬥之事。

常叔與玄清一行人，來到這星玥湖畔，在幾道嘯聲過後，一履光暈緩緩出現在大家面前，人身、尖耳、背上六翼，身材極為嬌小，僅如手掌般大。

這光精賢者一見玄清，立時認出他本來面目，且出讖言：

「尋覓千日竟。
今朝聖王欽。」

「散人吳道一，參見聖王，百年『天道之選』將即，聖王當知『十王御政，戰魔亂世』之義，您正是天選十王之北域聖王，身旁之伴盡是造化之輔，今日且由散人將此因由一一道來。

天道之選，就是萬物天劫，由造化篩選入世前相對能力已俱足之靈子，領受天命而為世界十王，再賦予相對條件與強力輔助，於末世天劫之際，協助安定天下，或者造禍天下，這是針對萬物靈心的考證，這是造化宇宙中，造物主用來篩選世界優秀靈子的固定方式。

善惡是非沒有絕對，端賴聖王主意，這是造物考證的一部份，而十王之中，也唯有一位能大定天下，所以未來彼此間的併吞爭戰，絕對不可避免，且這戰禍之為期持續無止，當至少百年之久。

今聖王雖然年紀尚輕，但此刻入局之勢已不容緩，散人傳你『明采化玄經』第一階段體系『明玄道御』之功法，並將此六御『印心法陣』之術傳與眾人。

這明采化玄經，是十七天外造物主問采聖使所著『道養論』衍成之修真經藏，在這世界中，只有極少數人才有此機緣獲得。

這部經藏之修煉，主要在靈心之體悟，對於世界萬物與環境演變之道化，有著深刻之聯繫，若能通透，則造化手段在掌，不僅擁有造物之功，化無為有，更能化有形於無形，是能極有效克敵制敵之強大功法。

而所謂印心法陣，則是將繁雜之法陣刻印於靈心，能省卻唱頌與多階段之施法，而直接由心念發出結陣，這種方式不僅能得速效，也能大幅強化法陣威力，是你們各位最優先要學習的項目。

大約如此，散人目前能幫的也就這些了，其他但看未來機緣與各位之造化了。」

接著賢者帶大家回星玥湖中閉關修煉，途中陳桐見了吳道一，獲得親切問候，想起聖天神戰隊的大天使與夥伴們，一時情緒難抑，雙眼泛淚不止。

雪狼城

轉瞬間在星玥湖閉關修煉的五年已過，玄清四人，依照賢者建議，來到這雪狼城，要以戰團的方式歷練驗證所學，準備進入冰原遺跡探險。

這是匈奴帝國最北方的小城市，是百年戰狼冒險公會的所在，因為冰原遺跡就在附近，所以人口數雖少，但卻是最多冒險者聚集的地方。

雖名為城，其實就像部落集居地，並沒有嚴實的城池保護，僅靠木頭做的圍籬，以及少得可憐的守衛，事實上，在三大戰團聯合佔領之下，帝國不管，主事荒惰，早就是一個三不管地帶，也就是說，來到這，是標準的弱肉強食社會，只能依靠自身實力。

城裡有縱橫二條青石板鋪成的主要街道，南向往帝國瑯琊城，西向往冰原遺跡。

街旁就是各類的散貨集市，有時會出現一些特別的拍賣，多數屬於寶器之類，偶爾也會有奴隸競價出售，旅店大都集中在城西地帶，東邊就是之前所講過的休閒娛樂場所了。

城裡總體來說，恃強凌弱、強盜劫奪之事，天天都在發生，除了北區有專責冒險戰隊駐防之外，其他都不算安全區域。

玄清一行四人，剛於戰狼公會登記戰團，木牌上面註明了二行字：猿降魔戰團，等階下下階。四人彼此開心地一笑：「我們就要從這裡開始囉！」

一出公會大門，就遇上了前來滋事的傢伙。

「菜鳥們，知道規矩嗎？一人一枚銅幣，我會好心地告訴你們，進入遺跡需要注意的重要……事項。」

「謝謝不用了，剛剛公會小姐有提醒我們了。」

「喂，別急啊，聽或不聽，都要給錢的！」

「銅幣，我們還沒賺到呢！」

「我們才不會把錢給你，想要討飯的話，請找他人去。」

「呵呵，人族小子，大爺看起來像要飯的嗎？」

「不是要飯，幹嘛敲詐我們？」

「對啊，別擋路了，我們急著要去遺跡看看呢！」

「這人背後有勢力，得殺雞儆猴。」

「怕這勢力，我們暫時贏不了。」

「教訓一下而已，不會鬧大的，不然麻煩會更多。」

「嗯，其實，我也挺手癢的。」

「我們並不想惹事，閣下再不讓開，就別怪我下手不知輕重了。」

「哼，小鬼頭也敢說大話，看你爺像個弱角嗎？真不知死活啊，今天沒給錢，你們哪兒也去不了！」

話一說完，一把凌厲短劍已架在此人頸上：「滾，別以為我們好欺負！」

「哼，留下名來，鬥狼戰團，絕不會放過你們的！」

這會看他們熱鬧的也挺多，見那鬥狼的被玄清他們輕易制住，正嘲笑那人不濟事，隨著又來一位，擋在面前。

玄清眼前這人，高頭大馬，青面獠牙，雙耳垂環，手持巨斧，胸肌堅實青筋環身，非常強壯。說道：「怎麼?連這地頭的規矩也不遵守，還想到這邊混啊？」

玄清可沒興趣與這些地痞答話，感覺就是很蠢，竟直接出招了：「就讓你試試吧！」玄清單手一抓一放，喝聲「滅識」，這大漢頓時巨斧落地、眼神呆滯，單膝跪下了。「你就暫時當我們的護衛吧！」

圍觀眾人大為驚訝，也不知這少年用了什麼方法，竟然就讓這位出名的地頭臣服他了，紛紛自動地讓開了道路。

「這是哪一個戰隊啊？」

「剛來的，叫什麼猿降魔的。」

「有這種實力，難怪敢來這雪狼城，說不定可以擠進前十名戰隊。」

「還差得遠了！前十名戰隊，哪一個不是百名隊員以上啊？他們也才四人，再怎麼強也是有限。」

第十回

血族紫鳶

常昊經過靈心修煉之後，鬼人一族天生自帶的心靈感應，常伴隨著無比精準的直覺，似乎明顯地呈現強化，而對於他所關心的事物，感覺則是越加地敏銳了，這一天，他的心中有些奇特的躍動，是莫名的憂心也帶了一絲絲興奮，這感覺說不上來，但總覺得要有好事發生了。

在雪狼城這幾天，玄清一行仔細地逛完三處淺層遺跡後，發現並無特殊之處，也沒有其他人所說的特別寶物，覺得失望之餘，興致大受影響，正無聊地東逛西逛、探索情報，思考計畫著往深層處遺跡探勘。

就在這時，西市大街上，來了一個大型拍賣商會，正熱鬧地在城區四處宣傳著，這些宣傳的拍賣品，大都沒能提起他們的興趣，但說到了奴隸拍賣，倒是吸引了玄清的注意。

常昊看了玄清一眼，忽然起身，似乎有些衝動，要大家一齊跟去看看。

這商會擺出來拍賣的奴隸，大都是幼小的孩童，聽那主持拍賣的介紹說，這些幼苗，都是清白不惹麻煩的，管教起來最是趁手，每一位只要銀幣五枚起價，其中說不定有好苗子，若能訓練來當戰僕或者歌女，那對標下的爺兒來說就是撿到寶了。

「若都嫌太小，本商會也有大一些的，但這比較有麻煩，不過對於大爺們也不至於有問題，只是得先說明了，有興趣的請再私下找我們。」

常昊看著看著，大叫一聲：「對了！是紫衣、是紫衣啊！玄清，我感覺到了，她一定就在這附近！」

一股遊蕩在靈心周圍的沁香，迴旋縈繞，這熟悉的味道，是一股讓他始終難以忘懷的遺憾，一直以來在他心中，從沒有忘記那曾經在他懷抱中的紫色倩影，五年前沒能留住紫衣，這次說什麼也要表明他想要捨命照顧她的真摯心意。

陳桐問了紫衣緣由，仔細地說道：「照你這麼說，那紫衣或許就是那人口中沒有擺設出來的商品，若以我們的實力要救出紫衣，我建議不要明著搶，從暗中著手會更順利些。」

「我就想直接去滅了這商隊。」

「忍耐點，這商隊實力絕對不弱，我們未必打得贏，再者搶了商會，名聲不佳，也容易與他人結怨，我有一個好方法，保證救出你的愛人。」

「這裡邊是目前所能調查到的資料了，這四人戰隊的組成與分工，可真是不簡單，依我長年跑情報的經驗，也沒能遇到過一隊。」

前鋒：鬼人族常昊，有著原始祝福銅盾之護七級與再生五級之肉盾技能。
輔助：天使族陳桐，對於魔族攻擊加成外，更有少見的治癒之術。
後衛：冰龍進化種聖雪菲菲，有各種強力抗性與大範圍攻擊法術。
速殺：隊長人族玄清，能力不詳。

幾日前於冒險公會登記，目前持木牌，是最低階的戰隊。

「以上就是你要的情報，建議你別招惹，鬼人、天使、冰龍，這裡面哪一個不是特殊種族？你不知道這類歸於特殊的，都有莫名其妙的長處與實力嗎？尤其冰龍聖雪，那可是進化過的。就別說這了，你沒看那位隊長，對付那個地痞肉豬，也就一瞬間而已，根本沒人知道他用了什麼方法。」

「哼，以為我鄭倫沒腦子嗎，怎會去招惹？我自有分寸，這給你的。」

魈魃——鄭倫，隸屬於鬥狼戰團第八小隊分隊長，魈形虎背四臂，稱為魈魃，魔王屬惡魔族，是雪狼城中較常見的種族，若單論鄭倫個人的戰鬥實力，在城中堪稱頂級，不僅武力值強悍，其人更好施智計，他的戰隊七人，也算是分工最完整，極有實力的戰團。

他特別關注這新戰隊，是要想辦法拉攏他們，若能成為自己的勢力，他就能進行篡位計畫，取代鬥狼戰團。

在雪狼城中，幾近九成住民都屬於冒險者，在多達數百支戰隊中，早些戰隊聯合成為了組織勢力，即稱為三大戰團，這鬥狼戰團是其中排行第三的勢力，三戰隊的成員人數，都在一千多人之間，彼此間競爭激烈，互相敵視，可說雪狼城的治安敗壞，與他們有實際的關係。

其餘沒加入這三戰隊的，也有其他二十幾個戰隊組織，都屬於五六個戰隊的組成，其中有一個組織實力強韌，只因人員數少，所以沒排進前三名，這組織只有三個戰隊，稱為天星戰團，分為天殤、刑地與人鬼，聽說都是鬼人所成立的，各個實力堅強，就連三大組織也不敢惹。

剩下的，就屬於玄清他們這種獨立戰隊了，大都是剛成立或者剛到雪狼城的戰團，坦白說，獨立戰隊極難發展，理由在於遺跡資源有限，大部分淺層安全地帶的精華區，都早被各大組織分割佔據了，有剩的才會留給獨立戰隊，不然，就只能前往危險的深層區域，也就是尚未開發的遺跡地帶，這種區域的危險性，沒有人能預知，基本上進入這區域，對於獨立冒險戰團來說，根本就是玩命。

所以獨立戰隊很少，幾乎是十個手指數得出來的，但玄清可不願意加入什麼戰隊組織受到限制，也不想與這些勢力做無意義的對抗，所以在摸索幾天後，便打算進入遺跡的未開發區域，來尋求真正的冒險。

深夜，玄清與常昊悄悄進入白天的商會，常昊化形魑鬼施展瞬移，很快擊暈了庫房守衛，這庫房不大，裡頭放著各式大大小小的箱子，只有裡面一房間內，放置了許多籠子，在最裡邊，常昊真的遇上了紫衣，她神情委頓，衣著單薄，蜷縮在角落裡。

在趕緊將她救出後，玄清用紫衣形象凝形，化出一具替身，安排好後，兩人迅速撤離。

紫衣迷濛中，終於見到了她成天思慕之人，那有著憨厚的臉龐，誠摯又令人心安的雙眼，也有那恐怖但真實可靠的真身，自從五年前一別，就沒能再見到他身影，幾次往返相遇之地，留滯許久，也無緣再見，前陣子被這人販集團擄走，想來此生已無望，只好一直幻想著他，是否能來救我……如今，我應該是在夢中了，因為我現在又在他的懷抱中了。

紫衣喃喃自語著，常昊越聽越是傷心不捨，也跟著哭了起來。

「紫衣發著高燒，身體多處受傷，我們先讓陳桐與菲菲幫她治療，等她好了再說。」

常昊整夜不睡，守在紫衣身旁，到了隔天，紫衣醒來發現那雙眼睛，正呆呆地看著自己：「這裡……這裡還是夢境嗎？我竟沒能醒來嗎？」

常昊安慰著她：「沒事了紫衣，我和玄清把妳救出來了，我……我一直都很想妳。」

「啊，真的……真的是你。」隨即又睡著了。

一直到了晌午，紫衣才真正醒了過來，常昊向她說明了前後因由，也解釋了當時她沒能找到自己的理由，其實常昊也多次前往那個星玥湖畔，幻想期待著她的出現。

然後常昊正經地告訴她，希望她能當家人、夥伴，從此別再離開他了，這紫衣臉見殷紅，清目泛淚，像是憶起了過往：「夥伴……我能有夥伴嗎？」

「當然，我跟玄清還有菲菲、陳桐一家人，都是妳一生的好夥伴。」

「嗯，原來紫衣只是妳的外號，不是名字啊，那讓我幫妳想想……紫鳶，以後就叫妳紫鳶吧！」

玄清話音剛落，前番極睏的感覺再次襲來，一道真祖印記，輕輕地烙印在紫鳶後腰上，這時紫鳶身形受金光閃爍籠罩，一股極強大的靈能不斷湧進，數分後完成了覺醒，紫鳶從血族瞬間進化成為「傔幽」，身形似無特別變化，但已多了一雙無形蝠翼。

這傔幽，是極度強化巧速隱身之藉形，是最理想的戰團探偵，這五人由各種因緣造化而齊聚，從此獉降魔戰團，形成了最完美之戰團組合。

第十一回

冰原遺跡

冰原遺跡以深淺層的區別方式來劃分，主要是因為這遺跡，是屬於一座地下迷宮。

從遺跡入口處之甬道，往地底一直延伸四里處，就是遺跡淺層三區域，這屬於已完全開發的安全區域，也就是由三大戰團做了資源管制的，這地方是玄清他們早已熟悉，稱為第一層，在第三區域之末端，連接了另一長形甬道，可通往深層，這甬道以四十五度角斜坡向下，長度達三里，算是進入地底深處了，這就是將下一層區分為深層的理由。

這深層也有三個區域，稱為第二層，照理說，這地底應該是更加陰暗潮濕的，該屬於洞穴一般才是，結果這深層環境，完全像是廣大的平原，還有燥烈的陽光，這點在陳桐的鑑定分析下，提出了一個合理的說法，照她所說，在第二甬道之內若佈置了傳送法陣，就能將進入者傳送至預定之處，也就是這甬道只是障眼法，事實上我們都是經由傳送法陣，被傳送到這不知名的平原上了。

若是這樣，這種明顯設計，實在太造作了，這說明了遺跡的本身，一點也不自然，根本就是人為的，只是會有誰特別造出這遺跡？

我們出生在這世界，一切都以為自然真實，然而這些以為的天然造物，若都是人為，就實在難以想像，我們是生活在一個什麼世界？這世界的真實又是什麼？是不是完全代表這世界，根本就是被刻意造出來的？

這冰原遺跡的深層區域，只有那些組織戰團在探索，據說已到達第六區域了，但都屬於未完全開發，充滿著意外與未知，因此對於獨立戰團來說，很危險，玄清這一隊，是少數獨立戰團中敢進到深層挑戰的，之前提到的天星戰團，也都是以各自獨立隊進入深層遺跡，可見得其實力也是相當強悍。

進入了深層第一區域，玄清一行正踏在焦紅的岩石地上，遠遠看去是一望無際之草原，天氣非常酷熱，沒錯，非常酷熱，熱到玄清與常昊，只想打著赤膊。「是那天上九隻金烏的緣故吧！不曉得可不可以全部打下來？」

這裡能明顯感受到與造魂魔窟一般強烈的魔素濃度。「若沒猜錯，屬於同樣的魔素造化區域。」

這環境遠看像是草原，接近時才發現這些草都長得像小樹一般高，玄清一行站在裡邊，什麼都看不到，要在這種條件下打獵魔物，可說是處處設限啊，又發現那些在頭頂上飛來飛去的昆蟲，每隻都大得像巨鳥一般。

「這些昆蟲每一族都是一整群，若朝我們襲來，一定是難以逃脫的。」

處在這種情況，若不是玄清他們變小了，就是來到了巨人的世界國度。

這時隱約傳來叉叉殺殺一整群撥開草叢的聲音，似乎是邊走邊探索著，很快速地向著玄清他們的方向靠近。

在附近，有一處岩石高地，矗立一棵參天巨木，樹底下有一處明顯的洞穴，這洞穴頗深，是玄清打聽遺跡深層時，情報所提到的山虎巢穴。

這山虎巢穴，就是首要閃避的目標，一般戰團們都會準備龐大的肉食，吸引山虎注意後，再趁機越過這片草原，當然也能用飛的，只是得在天空上沒見到昆蟲類才行，或者能飛得夠高，但沒遇到那些真正的飛鳥之類。

但有一種情況，就得先打退堂鼓了，就是遇到一整隊迎面而來的軍蟻，尤其是它們已把你當作獵食目標之後，這只能是逃得越快越好，不然被它們帶回巢穴，那可真是有如求死不能的地獄了。

現在玄清一行人遇到的，恰恰就是這草原的至尊魔物——「行軍蟻」。

這行軍蟻一隊約有數千隻至上萬，等級不高，平均在三十級之間，它們的無敵優勢，完全是在那刀槍不入的堅硬皮甲與群蟻一擁而上的搏命戰鬥模式。

「我們先退回剛剛那入口處，在這邊沒辦法跟它們打。」玄清冷靜地說道。

「是不是先回入口甬道避一避？」

「進入甬道我們就沒反擊能力了。」

「爬上坡的能力也比不過這些螞蟻。」

「恐怕是不行的，我們已被它們盯上了。」

「先打看看，若真不行再逃到空中。」

眼看行軍蟻快步追上，玄清到達入口前的焦岩地面後，一轉身，印心法陣——「煉體降魔陣」開啟，只見墨綠色之光芒，從玄清兩足之間，呈現逆時鐘迴旋，延伸到十丈開外後，迅速往上連結成一半圓形光罩，將玄清一行人與大部分前鋒行軍蟻，籠罩在這法陣裡，法陣外之軍蟻不能入內，徘徊陣外，轉瞬間已將法陣團團圍住，整個入口處皆是整群的軍蟻。

玄清自信地說道：「因為這裡魔素濃厚，這法陣我可以開很久，我的計畫是，慢慢地放些軍蟻進來，一批批撲殺。」

「這法陣除了將我們與外界軍蟻隔開之外，在法陣裡面，它們的速度也會明顯變慢並被削弱攻擊力，還有這些綠色光芒對於軍蟻可是毒襲，會幫忙削減它們的命值。」

聖光天使，聽我祝禱。
願奉志能，降真沐靈。

陳桐祝禱畢，天上一道道金色輝光，如雨水般降落，落在玄清等人身上，恰如金曦耀身，天神降世，這是天使一族秘術「聖光加護」，能提升隊友的各項數值，並維持回復著命體數值的連續治癒狀態。

常昊換形銷鬼，一式式之鬼雷，響遍整個法陣裡的攻擊範圍，對這一整群軍蟻減益降防下毒，這些軍蟻被玄清之法陣拘束又被常昊之鬼雷橫劈，已呈現顛顛倒倒，欲死不活的情狀，此時紫鳶配合影分瞬殺，與菲菲凌冰之箭，兩人快速除掉一些落單的軍蟻，最後由玄清之滅形與噬魂技能，將滿地之行軍蟻，完全化為精純之魔素。

就這樣五人合力分工之下，在幾個循環過後，這團上萬隻隊伍的行軍蟻，已經被殺得乾乾淨淨了，這軍蟻算是自動送上門來提升他們等階經驗值的，經過這一回，玄清來到四十五級，常昊四十二，菲菲三十四，陳桐三十五，紫鳶也已來到二十八級。

常昊越過四十級出現了轉職選擇，在系統建議下，他選擇了感覺很霸氣的隱藏職業「魔劍」，而紫鳶也因等階達到二十，首度出現了系統擇定之職業——密偵者。

這時陳桐建議，一般行軍蟻出動狩獵，習性上都是傾巢而出，我們應趁這個機會，往行軍蟻的巢穴查探，若沒猜測錯誤，不僅是一條能繞過這守門山虎的道路，裡面也極可能出現不錯的寶貝。

在大家一致同意下，循著行軍蟻方才之往來路線，找到了一處蟻穴洞口，以玄清他們目前十五歲左右的身高來說，算是恰好的高度，玄清一行一路在這蟻穴通道向前，在一處巨大洞穴裡，發現了蟻后，這蟻后實力有限，很快就被化成魔素了，隨後他們發現蟻后位置上，壓著一顆泛著螢光的寶珠。

「雖不知用途，但是當然得先收起來啊。」常昊毫不猶豫地說道。

接著轉移通道往前，找到了草原上另一端的蟻穴出口，這邊再看，已不是連綿不斷的草原了，在經過一大片荒地後，就接近沼澤的地形，這片連接沼澤的荒地，草原獨狼成群結隊的，應該是這裡最常見的魔物，攻擊能力不高，見到玄清一行人，都急著過來送死。

一批數十隻，圍住了玄清五人，常昊發動著魔劍新職業技能「懾魂」，這是包含了震懾與嘲諷之技能效果，使得獨狼一時之間畏懼對峙不敢行動，菲菲與陳桐趁機施展法術，很快就把它們清乾淨了。

「這裡面的魔物，只有本能，並沒有自我意識，這跟造魂魔窟裡的很像啊。」

「剛剛這些必然都是剛剛才成形的，不然身體不會那麼快就化作魔素消散掉。」

「地上掉的這些是什麼啊？」

「魔物的核心，這獨狼應該只掉靈藥而已。」

「都蒐集起來，應急時好用，也能賣錢。」

「前面這區域倒有點像我們那裡的鬱松林，只是樹木沒那麼高大密集。」

「這屬於沼澤地帶了。」

「那邊有東西，閃閃發亮著。」

「應該是尚未成型的核心，不用等它變成魔物，可以直接給它收集起來，這種魔素，純粹多了。」

「根據情報，那些大型戰團，主要就是進來蒐集這些，根本懶得跟魔物打。」

「魔物在領地之外，本來就不會主動攻擊的。」

「我們繼續深入，去尋找魔物領地，我想找到這區域的主，它的核心絕對才是真正有用的。」

一路上見到了玉兔、魂蛇、小鬼、巨蚓、邪蛛之類，但還是沒找到這區域之主。

「會不會根本沒有這區域所謂的王？」

「應該不可能，以這遺跡屬於人為造化機制來說，這王是會固定衍生出來的，我們只是還沒找到而已。」

「這些打完，應該是第十三批魔物了，東西多到有些放不下啊。」

「可以拿來賣些銅幣，晚上可以找個舒服一點的旅館了。」

「玄清你看那邊，有金光閃動，喔……還有銀光。」

眾人近看，這是……修聆資訊上清楚寫著沼澤之主「金銀霜煉蛇」。

「這有劇毒，已生意識不能溝通，但等級只有五級。」

「劇毒對菲菲基本上無效，菲菲妳引它注意，讓它攻擊妳，我們趁機會把它抓了。」

「它抓不得，渾身劇毒，只能殺滅，讓它還原成魔素。」

在玄清印心法陣之下，菲菲牽制霜煉蛇，眾人齊上，這金銀霜煉只能藉形消散，並掉出了一個金銀色的藥丹。

「哇，我們打到寶了！這可是『霜煉炘毒丹』，可以大幅度提升毒抗性。」

這是玄清團隊第一回進入冰原遺跡深層區域，一行五人，不僅擊潰了草原至尊行軍蟻，更取得了區域之主的核心，這是打破了雪狼城中所有人的既定認知，也更新了獨立戰團的挑戰遺跡深層的紀錄。

正在玄清一行準備回程之時，「慢著，急什麼呢？」一組七人隊伍走了過來：「新來的，不懂規矩嗎？這地盤是我們鬥狼戰隊的，打到的東西得交出來，誰准你們佔為己有了？」

「這規矩，是你們自定的吧，我們不屬於任何戰隊，不受管轄。」

「那更好，乖乖交出來，可以饒你們五人性命，否則，在這地方死了，沒有人會追究的。」

「真不知道你哪來的自信，想要我們的命？」

「哼，我可是戰隊中實力排行第五，就你們這態度，死了可別怨啊！」

隨即持刀揮砍過來，常昊挺身架住，吭的一聲，刀刃反彈了回去。「是鬼人金剛橫鍊的功夫啊，那試試這招如何？」眼前青光閃爍，一把牛毛針向玄清眾人射來，一大眾一起攻了過來，這針上了藍光，明顯有毒。

「真小人啊！」常昊伸展銅盾之護，將牛毛針盡數擋下，隨即瞬移穿刺，再見時，一柄小劍已從這隊長心上拔出，玄清一招滅識，無人能夠防備，這一瞬間已全部被滅。

第十二回

守門之王

頂著山虎吾氏一族的榮耀，不管怎樣，我都得堅持下去。在這遺跡內，已過了第十一個月，吾良沒有忘記那一天。

「孩子，你是全族的希望，我與你父親拚死命地送你到這裡來，就是要你在這變強，好替全族三百多人復仇，現在我與你父親這無能的模樣，只會拖累你的成長，所以……原諒我們拋下你，來世有緣……也別再見了。」

父母縱身一躍，墮入了深山峽谷，他一句都還沒來得及說出口，雙親就這樣在他眼前輕率地自殺了。

這或許是吾氏一族的傳統，但這樣也太令人……難道一定得這樣嗎？要覺醒變強沒有其他方式嗎？倘若就是要我屏除善良，毫無顧忌與私情眷念，那我就依你之願，化作無情的凶獸，肆虐這世間的一切吧。

一聲雄音虎嘯，宣洩著滿腔憤恨與背負至任的無奈，強烈的孤獨，早已將他的良知與理智封閉，不管是遇到什麼樣的對手，他都只想著如何將之屠戮殆盡。

這聲長嘯，震撼了整座遺跡，驚動了高傲偉立的遺跡之王，比他大上足足十倍的巨形厲虎，這厲虎低著頭，輕蔑的眼神，對著他嘲笑著，憑你這種弱小無知的模樣，也敢與我爭這遺跡之王？會不會太不自量力了？

吾良毫不猶豫，快步衝殺了過去，一式躍上厲虎頭頸，死命地抓住，不論這厲虎大爪如何揮打狠抓，縱使他的身體肚破腸流，他一拳一拳，漸趨瘋狂，速度是越來越快，拳勁越發兇殘，終於，這王開始驚慌哀號，開始恐懼噬心，他，仍無停歇，打至皮破血湧，打至斷頸碎骨，直到這所謂的遺跡之王，已不再有半點聲響。

身上的血脈，自然會引導我的修羅路，我憑這天份與過人之直覺，在這遺跡中斬殺無數，也達到了「戰將」等階實力，就連這王，也讓我擊殺了，但不知為何，我始終沒能再進一步，難道，這就是我的極限？如果這樣，他們的犧牲，豈不是白費了？僅僅是戰將級別的我，如何與那位「聖尊」爭鬥？更遑論為全族報仇了。

過虎山的族人們，我對不起你們，這仇，恐怕是討不回來了，心情震盪下，眼淚竟不爭氣地流下了。

鬥狼聯合戰團

這一天，鬥狼戰團聯合了總計十個極具實力的知名戰隊，其中包含了天星戰團之刑地戰隊，打算挑戰深層遺跡入口處守門之虎王。

一行人七八十位的冒險者，做了充足準備，浩浩蕩蕩，來到這入口，眾人站在焦岩石上遠望，只見那龐然大物已倒臥在血泊之中，流出的鮮血將那塊巨岩整片染成血紅，正滴流而下，直落入前方草原，一人躺臥其中，也不知是死是活。

本來打算有一番苦戰，沒想到這下得來全不費工夫，鬥狼戰團乘著數量優勢，將其他支援的戰隊各自遣退了，留下自己人，偷偷摸上了這守門之王的地盤。

「若能得到這虎王的獸元，那我要突破目前這境界，就有希望了。」這鬥狼團長「吳道」，陰狠乖戾，是厲獅一族，臉上布滿傷疤，也是個實打實的強者，他在內心興奮地期待著。

搜尋結果，吳道大失所望，沒得到他想要的東西，看到地上這奄奄一息的山虎一族，懷疑著是否已被他吞食，才想到這可能，暴怒難扼，一股怨氣，就全出在他身上了。

「把他抓回城裡，哼！剛好讓我試試那個法陣，若真能把你變為無知覺的戰僕，那可就值得了。」

吾良一醒來，大大小小的扣環鎖鏈，已纏緊了他身上各處，座下法陣隱現紅色血光，只覺一股莫名的憤怒，不時的從心中湧上來，記得是打敗了遺跡之王後，他們救我回來？是怕我反撲，所以將我鎖起來？反正很快就能知道了，只是心中這一股怒氣，似乎極難壓抑，讓他有點想放棄思考、放棄所有理智的衝動。

在這修聆世界，每一位實際修煉者的綜合藉體實力，概分為七等境界，由最初境界之「軍清」，再進步至「兵起」，而後上於「士武」，再上稱「戰將」，於是「晉神」，追於「鬥王」，最終「聖尊」。

在吾良所達戰將之時，玄清等的實力，平均僅在「兵起中階」而已。

雖然於遺跡深層的經驗，似乎游刃有餘，但那是尚未遇到真正的強敵，就連金銀霜煉蛇，其實也就是剛孵出的小蛇，本來實力就不強，至於軍蟻，倒是讓他們遇上天敵了，因為玄清的印心法陣，恰好克制了它們。

這世界，很奇妙，有多種的巧合，有無數的意外，在你常遭險惡磨勵之時，一些些的順利，都會讓你感動莫名，但若事事亨通之時，才一點點的挫折，就容易讓你失去理智，不管順利與否，總會有著各種機會，叫你一次失足，就是永不翻身，或者一次機緣，就是人生再運，這是意外，還是巧合，我們不知道，所以大都把這些稱之為天意。

天意，是無所不在的，這是造化世界的必然。

想得到這些答案，其實都埋藏在歷代賢者所流傳的智慧中，我們將它統稱之為「易之道」。

藉由易道之卜筮，可連結這世界之天意，由所得卦象告訴我們關心事項其當下之情狀樣貌、條件與關鍵發展，以及未來最可能呈現之結果，藉由這方法，理解萬事萬物所必然遵循之法則，能讓我們不流於表象判斷，而能真正有智慧的就事論事。

如此我們遇到所謂的意外，就不再是不能預測，而是因果理道發展的必然，那些所謂的巧合，也就不是突然地發生，而是早就相應契合的既定因緣。

這是由易之道之問卜來求得天意的方法，是每一個人都應該懂得運用的，若是能有知而不學，就真是可惜了。

在雪狼城，算是戰將集結之處，更有多位晉神與鬥王，這猿降魔戰團，是否能在這種群敵環伺的情況下，爭出一條康莊大道來，可是嚴厲考驗著玄清一行的智慧與應對啊。

回到城裡的玄清一行人，鬥狼戰團早做等候，團團圍了過來，為首鬥狼團長吳道：「我的弟兄七人，全死在你們手裡，是不是該給我一個說法？」

第十三回

吾良

絕地之名，可不僅僅是個稱呼而已。

所謂絕地，就是凌天之眾，地下唯一，有獨尊於天下之義，北域三尊之絕地冰龍，她的實力，在於當今整個修聆世界北域，是可以稱作無敵的存在。

恆凍無息，寒霜四季。

冰龍絕地，北域尊行。

這就是人們對於她的傳說認知與真實寫照。

常昊挺身橫擋在玄清面前，按著手中劍，蓄勢待發，菲菲也做好變身，準備隨時帶大家一起離開。

「你的兄弟想要殺人奪物，實力不濟，被人反殺，好意思要公道？」

「這麼說，你是承認殺人囉！」

「我們可是自衛。」

「既然承認了，那麼就請你們償命來付出代價囉！」

「這麼一大群人要對付新手是吧，不怕傳言不好聽？不如一對一，我若輸了認命，反正人都是我殺的，要償命，有我就夠了。」

「還真義氣，但我可不管那些，我一向都是拚全力的，大夥一起上！」

這人說打就打，數十道弓箭飛刃、術法暗器、長鞭鎖鏈、刀劍斧鉞，已向玄清一行招呼了過來，這情勢很是危急，對手不僅實力等階高出他們，更是不講道義一齊攻來，玄清一行人只好底牌盡出，印心法陣連番開啟。

玄清首開「煉體降魔陣」，將大部分的鬥狼成員隔離於法陣之外，菲菲「聖雪之心」，將大家的數值抗性暫時提升至最強化，陳桐施展「天神之護」，以防重傷意外，常昊則以「雷心屠魔」，痛擊法陣內之敵手。

「原來有這招啊，難怪老五會輸給你們。」

只見吳道一聲大喝——「陣滅獅吼」，玄清所持印心法陣之領域結界一瞬間崩壞破裂，鬥狼一眾又圍殺了過來，玄清判斷，己方不敵，連發數十道冰刃，要常昊四人先退，這時魔素凝形，憑空出現了數隻巨大魔物，幫常昊們開路。

常昊四人哪裡肯退，菲菲一爪一個抓起了玄清、常昊，與陳桐、紫鳶正要往天上遁逃，不料對方早有準備，一張大網，已從上方罩了下來。一旁鬥狼第八隊之魈魃——鄭倫見了這陣勢，知道此戰隊實力未來將不可限量，本早已想攏絡，這時機會正好，連忙制止吳道：「團長，請暫時留下他們性命，對於豢養吾良，肯定有用。」

與其殺了浪費，不如將養吾良，吳道覺得有理，遂用了五條拘魂鍊，將玄清五人綁了，準備當作獻祭。

「我說過了，要算帳就找我吧，放了我的團員們！」

「哈哈，你會不會想太多了，你覺得我需要跟你談條件嗎？愚蠢低等的人族，就等著當我戰僕的糧食吧！」

隨後玄清一行被押到一處秘密的地牢，這裡血腥味相當濃厚，相對魔素濃度也強，到處充滿著血肉屍骨，蛆蟲漫佈，幽氣森森，感覺竟似活脫脫的煉獄。

玄清見這頭凶獸，全身被八條巨大鎖鏈橫穿過身體四大要害，底下鏤刻五芒十字星的複雜法陣，隱隱出現紅色血光，有點像召喚惡魔的方式，真不知是何來歷，這些人把他鎖在這，又找生人活物來獻祭，難道以為這樣可以馴服為己用？若這魔物已有自我意識，想來也不可能臣服於這樣對他的仇人吧，若是我……這方法肯定更好。

這玄清腦子想的，真是與眾不同，在這生死交關之際，還在設想如何才能建立忠誠有力的部屬。

就在鬥狼人員離開後，地牢巨石大門緩緩關上，這吾良身上的鎖鏈，也慢慢消失，他狂嘯一聲，震得地牢吱吱作響，只見雙眼綻放血光，似無意識，起身後，一步一步若行屍走肉般，往玄清一行人靠了過來。

「團長，這吾良凶獸，我們已豢養多年，不知是否已經快要養成蛻變了？」

「我想只要那幾個獻祭完成，應該就快了，那五人魔素挺濃厚的，不像一般廢物，嘿嘿，蛻變完成後，這凶獸將永遠服從於我，到時，什麼天鷹、鳴虎，在我面前，就只能選臣服這條路而已。」

吾良被鎖在不見天日的地牢中，輾轉間已過了數年，在日日反覆地受這「催魔法陣」的洗煉下，神智早已不清，已轉變為純粹噬血之魔物了，若再行蛻變，則實力將達鬥王等階，配合吳道同屬鬥王，自然能讓鬥狼戰團，一舉躍上三大戰團實力之首。

玄清早讓菲菲向絕地冰龍求救，但這時不知是否來得及。

「大夥，這一生可能要交代在這了，希望下一回，我們都能再碰面。」

「生死之事，本是輪迴而已，本姑娘不糾結這些。」

「大哥、二哥，能跟你們死一塊，已是紫鳶的幸福。」

「開心點，我們還沒到頭呢，媽媽就快到了。」

就在此時，菲菲身上產生了變化——「龍血傳承」，一股明顯金色的光流，不知從何處匯聚過來，正直接地進入菲菲眉心，數道法陣同時於菲菲額面層疊出現，順時轉動著，由緩慢而漸速，直到這屢金光吸收盡淨後，菲菲已呈現再進化後的新型態——「問道龍」，同時間，玄清也因與菲菲靈繫之故，龍血傳承讓他的技能產生了進化，役魂與滅識技能合成為——「御形」新技能。

這御形，可選定將死之魔物即行認主的術法。魔物認主後藉身將完全恢復。同時成為施法者之眷屬，這是修聆資訊上所提的技能作用。

就在這同時，外面傳來一聲曠古之龍嘯，此聲韻道勁連綿不斷，如海嘯之奔浪，竟直接震碎了地牢大門，隨即一隻龍爪突破了牢頂，精準地往吾良身上抓去，這凶獸驚覺而瞬移，倒不似之前動作僵硬，也不反抗，直接捨棄玄清們，逃出去了。

絕地冰龍喝道：「我既然來了，豈能讓你這魔物脫逃！」只見冰龍吐息，一股霜寒氣息，疾速籠罩大地，吾良動作雖快，仍舊無法閃避，緊接著四肢冰凍碎裂，奄奄一息，只留一股元神不滅而已。

「玄清，這吾良就便宜你了，你應該有技能御形了吧，朝他使用，將他收服為眷屬，收服他，能好好保護你們的。」這絕地冰龍透過菲菲靈識與玄清之靈繫，早已得知玄清不同尋常之處，對於他的技能，也就瞭如指掌。

真沒想到菲菲的母親這般強大，連這恐怖的吾良，只接一擊就已重傷。

玄清發動——御形，在吾良周遭泛起一陣金光法陣，同時玄清眉間出現一道金光長流匯入吾良，漸漸形成金繭之後，法陣輝光消失，金繭痕裂，吾良破繭而出，這瞬間，身上四肢復還，重傷已然痊癒。

一見玄清，立刻跪地：「主人在上，受吾一拜，今後執鞭墜鐙，吾良必永隨左右！」

第十四回

猿降魔戰團

仙狐一族，在這世上可不是傳說，而是真實的存在，只因他們習慣於世間幻化，一般人不能見到真正型態，故以為這種神話的種族僅僅是幻想罷了。

仙狐一族之主技為魅惑，具有令人傾心服從的效能，只要等階不超過施技的有效範圍，都是能魅惑的對象，至於能達到什麼樣的程度，就得看此仙狐的境界。

在這雪狼城，一直有個不能確定的傳說，是一個仙狐救子的古老故事，聽人家說，這狐生九尾來歷，可是歷盡千百劫才能修來的。

一尾一修靈，一靈一長命。

修至九尾劫，道化升正仙。

這說的就是九尾靈狐，有一位即將成道之靈狐，將其一條長命之尾，獻給了她的恩人之子，雖救活了，但從此與成道無緣，而且更可恨的是，那小子長成，卻忘恩負義，設計陷害這救命狐仙的故事，導致這狐仙流浪人間，從此回不了原來的修真洞府。

「這說來有些悲傷啊，都是過往之事了，提它做甚？」

「聽老闆娘這麼說，倒似知道真相一般。」

「呵呵，隨口應付你們的啦，還當真了。」

雪狼城東側郊區，街道雜亂，住宅擁擠，是近二千冒險者居住落腳的地方，也是聲色場所集中地，其中有很多間小酒吧，這些供人休憩的場所，基本上都沒有特別之處，但唯有這間酒吧有些不同，店裡雖是小了些，但經常高朋滿座，較奇特的是，沒人會在這邊鬧場。

這理由多半來自店主不凡的實力或勢力，然而玄清怎麼看，都覺得這店主人，不屬於前面說的這二種，這讓他有些好奇，應該是有著不尋常的方式才能做到。

這店主看似人族，留著一屢長髮，素裝長裙，一臉淨澀，眉宇間稍露英氣，說話溫柔和氣，但感覺有一些……令人動心，身材苗條，玲瓏有致。

「客人，您六位是吧，請再等等，我挪個位置，很不好意思，這兒場地擁擠，請大家將就一下，說不定因此交上朋友呢！」看這招呼，倒是老練，奇怪的是客人多半願意配合，玄清看著店主致歉的眼神，也不自覺地跟著坐了下來，隨即店主上了六碗清酒來，說是免費招待，要點什麼，可以等會再說。

這可是會做人啊，難怪生意這麼好！但這間從來沒有客人鬧事的酒家，還是很不正常的，尤其是在這雪狼城，吵架爭鬥習以為常，一個以實力至上、弱肉強食的地方。

玄清他們，其實是想來找鬥神戰隊那一位團長吳道的，打聽之下，聽說跑這喝酒，但四處望了望，並不見蹤跡，索性就先在這邊填填肚子了，他們自從出了遺跡，還沒好好休息呢！

至於找那位做什麼，當然是尋他的晦氣囉！未來想在雪狼城立足，非得用實力自己爭取才行，現在多了吾良，菲菲與玄清都有提升，自然得把握這機會了。

吾良，在獨立打敗遺跡守門王之後，一直被鬥狼戰團的吳道拘禁，而且用極不人道的手段，清洗意識，逼他入魔，這回在玄清解救之下，不僅恢復本來且覺醒進化為——虎夔，實力更因與玄清眷屬靈繫之故，一舉突破至鬥王等階。

這與吳道多年的恩怨，他也想趁這時來做個了結，與吳道相同，雖皆屬鬥王等階，但吾良早屬於鬥殺的頂級形態，要論個人整體實力評估，即便包含了戰鬥經驗，在這同等階之內，必無敵手。

這自然是玄清的底氣了，不然以他的實力，可還不到士武，更別說與鬥王對敵了。「這不是為了面子，而是為了將來能在此地立足。」玄清非常清楚人的劣根執性，越是怕事，越容易惹事，不如擺出一副威不可犯的模樣，反而容易受得尊敬，這樣做起任何事來，也會順暢些，但這些都得建立在實質的實力上，沒有實力，一切都是虛妄。

在這特別的酒吧中，倒是真跟同桌的交上了朋友，他們是獨立戰隊，來到這雪狼城有半年之久，也看不慣三大戰隊的行為，所以不同流合汙，雖然因此過得清苦，倒也圖了個自由自在。

這個戰隊是以隊長為名的，隊長名叫程三益，稱為程三戰隊。

玄清一行與他們越聊越是投緣，最後談起了組織聯合戰團與三大勢力抗衡的想法，沒想到這程三益，卻是一口氣就答應了下來，當晚大家對這想法聊得起勁，對於組織戰團，甚感興趣，但對方一直沒談到細節，玄清也不好主動提及，就當作大家酒後之言了，後來見鬥狼那人始終沒有出現，彼此留下聯繫方式後，直接返回歇宿了。

回旅店後，大家討論著剛剛組織戰團之事，各個都顯得興奮，在這世上，要想做事，單靠個人的能力，實在太有限，若真能招集一批志同道合的朋友，那種互助協力，共同扶持的感覺，是特別令人嚮往的，若能一舉而成大業，更是人生至願了。

隔日一早，程三益出現在玄清他們下榻的旅店前。

「兄弟，昨晚的事，今兒就來進行吧！後面都是與俺相好的，全都是獨立戰隊，我們在這邊生存空間越來越小，但實在不想離開雪狼城，有些原本都打算放棄，打算跑去東興城另尋出路了，我勸了他們，一起留下來，大家奉你為主，團結一致，也好保個大家平安，有飯吃，有酒喝。」

「還有這個找你作主的事，也別多想，總之你的實力我們清楚，能從鬥狼那地牢出來的，也就只有你們了，單純這一點，就夠了，你昨天應該是要去找鬥狼那位的吧？他是剛好聽到地牢消息跑了出去，昨晚一整城找你們呢！卻不知你們跑去找他了，哈哈！想到這裡真是解氣，哈哈哈！」

「怎樣，能容許我們大夥跟你一起混嗎？」

玄清一聽來由，喜出望外，很爽快地答應了，這是玄清專屬戰團成立的第一天，旗下包含了程三、正義、聯友、盪魔、血盟、道行者、旅行者，還有原本天星戰團之「天殤、刑地、人鬼」總計十個戰隊，雖尚未能抗衡三大戰團勢力，但以成員實力而言，也足以擠進前十了。

第十五回

天命

立國二百餘年，歷朝帝王皆死於王室爭鬥，平均每一朝主政期間皆非常淺短，後由神祕的修真組織福天閣，遣人出面協調，才總算穩固這政權，目前第十五代，是由國王費章進行統治。

匈奴帝國的議事大廳，這國王正發著脾氣，大聲斥喝臣下。

「這麼多年過去了，還沒讓朕看到成果，真是一群廢物、廢物！」

「陛下，技能的創造，本來就是逆天的事，雖然還不算實際，但以目前擁有的技術來說，已經是超越其他國家許多了，只要再寬候些時日，微臣定能展現成果。」

「哼，再給半年，你最好不是應付朕而已，若到時沒有任何結果，就準備提頭來見！」

「啟奏陛下，相比此事，另有一件更該擔憂，就是北地雪狼城形式上已脫離帝國統治這一事，在八年前小鬼聖王進攻過後，就實際與帝國脫離了，目前已是由那城裡三大戰隊組織分別治理了。」

「那種小城，稅收才一丁點，就隨他們去吧，我才懶得管。」

「不是，這萬一引起其他城市仿效，接連獨立起來的話，對帝國就很不利了。」

「那你說說，朕應該怎麼做？」

「依臣之見，若不願爭戰，那可以賜與那三大戰團領導名位，保留帝國治權名分，可以避免衍生問題。」

「這好辦，你就去做吧！」

「陛下，城市脫離帝國獨立，理當整頓，應該派駐軍隊維護正統才是，這種給名分的事，實在沒有意義，而且容易讓對方輕視帝國，更容易讓其他地區衍生反叛。」

「之前聖王要打時，朕都懶得派了，現在更是沒興趣，誰喜歡誰拿去算了，若技能研究成功，到時朕想奪回來，還不是順手拈來，現在還是把重心放在技能研究上吧！總之要朕派軍隊的，現在都免談。」

「陛下，之前臣工接旨造神諭大殿之事，目前已近完工，懇請皇上駕臨主持，以慰諸神，更可趁機請求諸神保佑，這類似雪狼城之事，或許自然就解決了，不必興師動眾。」

「嗯，愛卿所言甚是，屆時落成禮儀，得要舉辦得盛大些，才不會失去對神明的禮節了。」

「啟奏陛下，北地天寒地凍，連年糧食歉收，又兼魔物肆虐，北地災民不少，各地村鎮紛亂不堪，盜賊橫行，請陛下旨意，護國安民，派駐民防部隊，協助災民渡過難關。」

「這等小事，用得著大驚小怪嗎？每年不是都一樣，適者生存啦！祭祀神殿需要整齊軍隊排場，哪有時間管那些？」

「就你這昏君，不顧百姓死活，這樣崇拜神明何用？早晚自取死路！」

「膽敢當面侮辱朕，給我拖下去砍了！」

一旁眾臣，多數憤怒不敢言，見那神武大將軍拉這臣工，往殿外拖去，一聲慘叫，讓眾臣之心涼了一大半。

這時一位少年將軍憤然起身：「我以為幫皇上效力，可以建功立業，濟助萬民，沒想到卻是成天看你這昏君自是愚蠢行徑，真是糟蹋我對帝國的信任，從現在起，我永遠不受這帝國管轄，而且總有一日，我定當回來取你狗命！」

說完，瞬光一閃離去了。

「真是好大的膽子，想威脅朕！神武大將，快給我把人抓回來！」

「稟陛下，他一逃遁，無人追得上，號稱『流光』的無雙侯——霍之元，不僅武藝高強，最厲害的是他的神速，國內可無人追得上。」

「那朕這面子，該擺哪？怎解決？」

「就通告天下各國吧！讓霍之元從此永無立足之地。」

方吉神卜

風雲一卜斷餘生
吉凶有道且分明

這兩排斗大的字，豎立在一人身後，於雪狼城內格外顯眼，這人一身青帽寬袖青衣，臉色灰白，面容枯槁，但神光內斂，淵停嶽峙，一看就知道武藝不凡，不僅僅是賣卜的白面書生而已。

「我看他坐在那兒，人來人往，一動也不動的，已經有大半日了吧。」

「怪的是，他不是擺攤做生意嗎？怎麼我看了好些人過去詢問，他眼睛看也不看一下的。」

「倒是剛剛那位，他卻主動地要幫對方算卦，那人反而愛理不理的，呵呵，送上門的不要，偏偏要那些無緣的人，只能說，糟糕的時代，腦袋有病的人也特多啊！」

「可能他的目的，其實並非真在賣卜吧。」

「我聽人家說，要出名，就讓人家摸不著頭緒，最好讓人去猜，這樣的方法挺管用的。」

「那得真有實力才好，不然只會是笑話。」

「其實他已經很有名了，你看那麼多人都想去詢問，但得看他開不開眼回答問題。」

「這又是為啥？」

「就一個字，準啊，被他算過的都嘖嘖稱奇啊！他有個外號叫神卜的，神卜方吉就是指他。」

「難怪這陣子我老聽人家說『得看人家開不開眼』之類的話。」

玄清剛接下組織戰團，想說鬥狼那邊的事可不能放著，遂與大家一番商量後，一起往東街找那位吳道去了。

「小友，為您前程占一卜如何？僅收您一金幣。」

「一金幣，可不少囉！不然你先說說看，我現在想幹什麼，準了後再給錢。」

「小友正想要尋仇家晦氣，但建議等上一等，你目前已有自己的勢力，只要放出消息，對方自然顧慮警惕，不敢隨意找你麻煩，你就可以暫時有個安心立足之地，不用刻意找他證明什麼。」

「咦，這位又是誰？竟然讓他主動開眼了。」

「你的消息太慢了，他是最近出現的新戰隊，聽說鬥狼的人正要找他呢，沒想到竟然自己跑過來了。」

玄清心想，這人有些實力，竟然連他的目的都指出來了。「好，那請你為在下占卜一卦。就如你說的未來前程好了。」

北地一登勢兩番。水火相隨盡無端。
六路天王鳴戰鼓。正德一統稱道明。

「您於今戰團順利成形，一切過程有如天助，可知天命在任，現既已初具根基，當養民心趁勢崛起，立番地以為聖王，那麼這四句預言，且權當策畫，當如期應驗，若不嫌棄，散人方吉願作您帳下之賓，從此為您籌畫將來之極致盛業。」

玄清看此人相貌亦非尋常，聖王之事，倒是與賢者所提一致，見他條理分析，步步清明，的確是籌畫好手，我正想有人能暢談一下未來戰團規劃。

只是我正想時，馬上能得回應，這樣是不是太順利了些，會不會有什麼特別的……？總之，這直覺告訴我沒問題，就暫且信他好了，不知我這眷屬契約能立幾個？若可以的話，這方法是最保險的。

第十六回

不動天王

南域福天、北地逍遙，合稱帝國兩大專為修真的神秘組織。

逍遙北地噬魂路

南都福天蔭心閑

匈奴帝國之南北疆域，本以北域帝座之象，而必稱其王，由雪狼城為帝都，後方朝鮮山脈為龍座玄武，前方經瑯琊、關中雙城出葫蘆口，遠觀圍住南域兩側之峻嶺，陣列群峰為朱雀旌旗，再觀帝座之相輔，左邊臥龍山脈層疊高起為青龍；右方鳳凰山脈蓄勢俯伏為白虎，本天然之聚氣寶地，乃必出天子之正城。

這帝國捨棄北域，而以南方建為帝都，其實是福天閣的建議，這當然隱藏了福天閣的真實目的，他們本來就只是將王室政權當傀儡，遲早將之取代，自然不願王室在北方帝座正位上，集天子龍氣以建基，而真正穩固並壯大這個帝國。

而這應為天子帝都的雪狼城，如今卻是一個人數稀少、破敗落後、犯罪集中、營私猖獗的治外不法之地。

福天閣，位於匈奴帝國南都群山洞府之中，此山脈居西方為鳳凰之支脈，稱為九鳳，將帝國西南一整個圍成半圓，另一方居東則為臥龍支脈，稱九凰，圍住帝國之東南，兩座山脈於正南之處相遇出海，成為帝國往外聯繫的主要出口。

這兩座山脈，可說盡是福天閣之勢力範圍，他國勢力欲要侵入帝國，只能由南都群山這海峽隘口，這算是帝國得天獨厚之地勢，也是帝國縱使於國王費章上任後腐敗至今，猶未有外敵入侵之理由，當然也是因為福天閣掌握了進出要道，國外勢力不敢擅入之故。

福天閣歷代操控皇室，勢力根基，累積雄厚，門下弟子數萬，於世界各地皆設分部，論其影響力，絕對會比皇室大得多。

招收門人的規矩十分嚴格，非常注重與福天閣的機緣與個人基礎實力，沒有到達一定條件的，就是連福天閣的門也摸不著，其中境界實力頂尖之高手，自然繁盛眾多，能確定的就如聖尊等階，至少也有十位之數，更不論其他了，早有傳言，王室也不過為傀儡，真正主掌帝國大權的，是福天閣的那些聖尊們。

這修聆世界的聖尊，大都是修行超過百年的天選之才，一般實力欲達鬥王等階，只要機緣俱足，就可能在幾年之內成就，但要成為聖尊，可就沒那麼輕易了，基本上必要耗費百年之功，由這點就可以了解，聖尊的境界與實力，跟鬥王等階以下的，根本不在同一個層次。

因此所謂的聖尊，根本懶得與世界上的那些對手爭競，不是隱姓埋名去逍遙日子，就是喜歡做那種隱藏於幕後的操盤手，當然也有一些持正義感亟心濟世的，都必然得孤獨地在為這世界奔走。

但是這福天閣的聖尊可不一樣，他們著眼的，就在十王御政這事上，至於真正目標為何，則無人知曉。

至於逍遙門，則位於朝鮮山脈北端洞府，大約接近鬼人村之處，雖是以修真為目的，但真正從事的則是訓練殺手，專門以暗殺為業的組織，其組織分外門星使與內門長老，門人為數不多，但各個實力頂尖、武藝精湛，尤其只要是列為他們暗殺的目標，幾乎永世不能逃脫，不管多久時間，都必會完成委託。

掌門與旗下五大護法，皆為聖尊境界，論實力，可不比福天閣差，但以勢力而言，還是絕對不能比擬的。

一南一北，多數人都已聽聞其名聲，會稱為神秘，主要還是在行事作風上，外人皆僅知其名，欲得其門而入，還得有相當的機緣。

福天濟世，逍遙奪命。

這是世人普遍的認知，一正一邪的兩個組織互相競爭對立，傳說每隔三年會固定廣招門人，以他們所傳功法，屬於修聆資訊技能的另一種體系，多數擁有強大威力，故吸引很多人想盡辦法要去應試，如能入門，基本上代表實力與程度，會有一定保障，更何況組織資源眾多，非常適合升等修行，這與實際上於遺跡訓練或與魔物對抗來增加實力的方式比較，算是輕鬆了許多。

但是若沒有機緣，連何時開啟試煉，都難以知曉。

這天，一道強大陰森的詭異氣息，籠罩了整個雪狼城南，三個人，緩緩地飄入這雪狼城。

頭戴白色無目面具，雙腳皆不著地，帶頭的雙手背於身後，身旁二位攜帶鎖鏈，三人一身白素，簡直就像是勾魂使者一般。

路上旁人見狀紛紛躲避，也不知這大白天的，怎麼就來幽冥使者了呢？

一個高大的漢子，出面擋住了這三位鬼使，正聲言道：「我呂能與逍遙門已無瓜葛，你們何必糾纏不休？」

昔日債，今時還。
業不清，永世償。

這聲音聽來陰惻惻的，反覆又貧乏的聲調，實在令人毛骨悚然，說著說著即抖動鎖鏈，向大漢環環套了過去，眼見鎖鏈將至，這大漢雙手一震，逼退鎖鏈，隨即抄起兩柄霹靂迎花斧，對著領頭砍了過去，只見這領頭有如飄絮，真似遊魂，大漢招招落空，臉露懼色，再奮起一聲大喝，金光罩護身，雙臂青筋顯露，雙斧揮舞的，更如銀練游龍，只是這頭領，長嘆了一聲：「去。」手指輕彈，兩柄巨斧離手，一根手指，緊貼著大漢頸部：「隨我回吧，可將功贖罪，以免糟蹋你這身金剛橫鍊功夫。」

「我既離開，就沒想要回去，今天你竟親自來抓我，算我命數將終，這條命，你要就拿去吧。」

「吾鎖你魂靈三日，讓你好生想想，若到時仍是這答案，將有比這更恐怖的地獄等你。」

心不死，惟由噬魂。
罪不清，求死不能。

說完，三人瞬間消失了蹤影，天空也恢復了清明，但這大漢於大街廣場之下，已眼神翻白，面孔扭曲，冷汗直流，身體曲張，緊握的雙拳已滲出黑血，可知痛苦非常，但竟沒聽聞他發出半點哀號聲響。

玄清大讚這人骨氣，早就尋思該如何解救，至於能否打得過那三人，就不是現在要考慮的了。

思索間，猛然想到惟由噬魂這句，這是徹底消滅魔物之技能，而這所謂鎖靈，應該是用這肉身困縛靈識，使之不能遁出，而持續感受藉體所傳導的痛苦，若是這樣，我助他摧毀藉體，保護其靈識，然後再造一藉體給他，不就可成？但要保護靈識我可還不會。

忽然轉念一想：「啊，不對，我應該先用御形試試。」隨即玄清發動技能御形，一道金光法陣開啟，靈能通道開始連結，在輝光散盡之後，呂能安然無恙的如同重生。

這呂能，巨人族泰坦，出自逍遙門，實力等階為戰將，是繼吾良之後，玄清身旁最忠誠之堅強守護，在之後玄清所封諸天王之中，吾良封為鬥勝天王，呂能則為不動天王，是玄清立國大業裡，初期最重要的超強幫手。

這多少是造物主的刻意安排了，玄清在十五歲之期，就能完成這些重要的基礎實力，雖然與他自身的努力絕對相關，但這些機緣，總是來得恰如其當，又正好是他的能力可為，這種造作，常見於真實的天命之選，蓋欲完成造物之派任，相對條件是不可或缺的，但有所得，自然有所犧牲。

至於如何選擇應對，自然盡在個人之真心了，造物主所觀察的重點，僅僅在於靈子經歷這些過程中，是否能得到自身的境界突破與心智之進步而已。

第十七回

執魔

吾始名初魔，即稱渾沌，統言之即惡魔，於魔界惡地，立時千古，藉魂執七衍，而孕育化生，此合稱七罪，即分：

- **第一罪——暴食，乃執得也，稱名原初之黑。**
- **第二罪——憤怒，乃執怒也，稱名大魄之紫。**
- **第三罪——傲慢，乃執傲也，稱名強陰之金。**
- **第四罪——嫉妒，乃執嫉也，稱名陰冥之綠。**
- **第五罪——懶惰，乃識惰也，稱名施幽之黃。**
- **第六罪——淫慾，乃情淫也，稱名諱魂之藍。**
- **第七罪——貪婪，乃意婪也，稱名慚末之紅。**

此為始魔之初代，領七罪於魔界各據一方，而以原初之黑為首，是為初魔之王。

其綜合實力等階稱五，最初為「炘」，二等為「姤」，三等是「立」，四等即「杞」，最高稱「王」。

這個夢，好久、好久，無止盡的破壞殺戮，無間斷之戰鬥凌遲，眼前只有敵人，只有無情的對象，沒有夥伴，沒有其他，一直將身旁周遭，一切的一切，都吞噬殆盡後，又是再來一次的輪迴。

如此再尋生地，再行殺戮，更再吞噬，一直反覆、反覆。

這夢，如真又似幻，對於這惡界的一切，毫無懸念，決不介懷，直到我開始產生了——心情，這似乎讓我由夢中醒了過來，這個發現，前番若只是夢？那麼現在又是什麼？

再看了看眼前，問心實受，彷彿已是真實，然而此時身外，除了無際的荒蕪之外，仍舊一無其他。

舉目望遠，不見邊際，荒塵滾滾，濁浪焚心。

縱聲吶喊，空谷無音，左右千里，更無行跡。

若能從來未醒，我願，再回到曾經的夢裡，至少夢中的我，似乎能夠不存任何感覺，但是祈願無益，心想無成，這份孤獨太久，已令我莫名心慌，於是，我開始執我所得。

在無止盡的黑暗中，終於，我尋覓到了一絲絲的光亮，這是五芒之星，看來是惡界中最耀眼的存在，我受這輝光吸引，不自覺地進入一個，我從來未能想像到的世界。

只見眼前特異的生靈，觸動我執得的欲望，我將他們一個個吞噬了乾淨，之後，體會這些靈魂，似乎多了一些味道，坐看著這一片新世界景象，我忍不住用心情思索著，這些靈魂還會有嗎？他們是誰？來自何處？而我，又是什麼？

正在我用著心情時，這人出現在我眼前，與剛剛那些不同，他的靈魂，散發著極耀眼的光芒，比起那五芒星，更加令人喜歡，我想據為己有，卻被一位巨像給擋住了，這讓我心情有些訝異，從來，沒有東西，拒絕過我，這是怎麼一回事呢？我好奇了，這份心情，讓我踴躍興奮，比吞噬那顆靈魂還有趣多了，說不定，他是一個比我更高等的存在，於是，我主動問了他，我一直以來解不開的疑惑。

這裡是雪狼城南方小村鎮，在八年前小鬼聖王攻打雪狼城失利後，沉寂了好一陣子，現在又開始針對帝國北地的小村落進行獵殺，這地名叫星湖鎮，算是比較大型的人口聚集地，約有近六百人之眾，二千小鬼大軍團團包圍了這星湖鎮，當然也包含了一百多隻的冰原巨人。

再次聽到小鬼肆虐的消息，玄清與常昊想起多年前與小鬼的仇恨至今未決，今朝他們又四處挑事，總有一天要帶大軍去滅了他們，現下那鎮危急，離雪狼城並不遠，所以連忙帶著戰團成員趕去救援。

然而玄清一行人到了之後，卻已不見任何小鬼蹤影，只見一個似人非人的魔物，人形雙尾，一身漆黑，佇立在一堆小鬼與巨人混雜的屍體所堆成的丘壑上，冷峻的目光，無任何情緒，更有一股危險的氣息，從他身上蔓延，好似若與他對敵，這仿似殺戮之機器，能將他們盡毀於無形。

看著這景象，程三益想起了那遠古的傳說，惡魔召喚——「咒怨生祭」。

「這應是傳說中稱為魂執七衍罪的惡魔，我只知道非常危險，請戰將等階以下的切勿靠近，也千萬別發出殺意，現在我們都已在這惡魔的攻擊範圍，若隨意行動，有可能遭到生命危險。」

玄清一聽，示意大家退後，並朗聲說道：「在下玄清，領著夥伴前來，本想消滅您座下這些小鬼，今日既由前輩出手相助，在下自當代表鎮民感謝，希望來日有緣再聚，我等先告辭了。」

話一說完，只見此魔望向玄清忽道：「慢點，我有話想問問你。我是什麼？我為什麼在這裡？你能給我一個答案嗎？」

玄清與一夥目目相視，正覺驚訝，於是將程三益所告知的，一五一十地，真誠無偽地，向他說出來。

「原來，我是所謂的惡魔，而座下的這些是我來這的原因，嗯……似乎說的有點道理，看你的靈魂深處，沒有一絲隱瞞，的確可以信任。唉……我原來的地方，可是孤獨得很，既然我已來到這，何必再回去……能讓我加入你們嗎？你或許能讓我找到我的存在意義。」

玄清一夥人大出意外，在一番仔細思索後：「前輩願與我們同行，在下當然是非常樂意，我們一夥都很歡迎的。」

這是初魔，稱名原初之黑，他說自己沒有名字，希望玄清幫他建議，於是玄清就直接叫他——始魔了，玄清的眷屬契約，這惡魔竟主動立下了，省下了玄清一番憂慮與思量，而在雙方靈繫之下，玄清也體認到這始魔深層的悲哀，終於明白他這些主動要求的理由了，他可是真心期待著夥伴的。

他是玄清屬下第三位天王——執魔天王，經眷屬契約靈繫之後，始魔等階由初等之「炘」晉升為第三等之「立」，實力相當於晉神級別。

繼二位天王之後，玄清可說是莫名其妙地獲得了第三位天王，看吾良、呂能、始魔這等超強的實力，已能戰勝三大戰團旗下之對手，玄清終於能在雪狼城諸戰團中，爭爭這帝座城主之位了。

這可是方吉的建議與策劃，六路天王，轉眼間已見其三，讓玄清更加相信前途讖言之義。

趁勢應時，迅速崛起。
無端造禍，水火識心。

這便是神卜方吉所極力稱謂的天命之道了。

第十八回

立基雪狼城

如今星湖鎮已形同廢村，玄清思量著將之納入自己專屬的領地範圍，遂交代程三益等進行規劃布置，先將戰團裡一半的戰隊，依其意願安排遷移至此，順便招集收留遊民，也好建立一個穩固的戰團基地。

根據戰團大夥的意見，幾乎都想直接在此處定居，省得回去城中看那三大戰團的臉色，於是各自清理安排了住所，留下大約近七十人，也在這簡單做了佈防組織，對這群本來都是冒險戰隊來說，在這個現成的村鎮設防，不僅得心應手，也容易多了。

在大致確定妥當之後，原屬天星戰團的三支戰隊，跟著玄清一行回到了雪狼城。

首先映入眼簾的，是前面的大陣仗，鬥狼戰團發動了數百人，對他們攔路包圍，未等玄清說話，始魔察覺對手顯著的惡意，單純的他直接發起了攻勢，一聲聲梵唱，已從他口中，不停地放送。

我魔憐憫，魂靈覺醒，肉體牢獄今捨棄，
永絕後患無間刑，快快散離遵我意。

亡魂執欲，我魔施捨，獻汝靈魂求全濟，
獨享常定永恆心，速速奉獻證誠意。

這是始魔用於無間之法，於魔界遇上群敵時常用，對於遁入藉體的生靈，有魅惑換形之能，這魔唱聲響反覆不停，在場鬥狼眾人，隨這吟唱聲，眼神倏變，等階低下者被這魔唱控制，竟紛紛倒戈。

這鬥狼團長吳道，聽始魔之梵唱，殷殷咽咽，嗚嗚切切，初時只覺煩躁，若要細聽，直似萬蟲鑽心，整個魂識居處，恰似被翻了一遍，搞得靈魂差點離身，連忙祭起神韻穩住識心，一聲陣滅獅吼，破了始魔這無間魔唱。

「哼，小小魔音，竟敢調戲你爺，給我老實納命來！」

這吳道探爪，直接往始魔抓來，始魔正待接招，吾良已搶先迎上，一聲虎嘯震懾：「始魔兄，他且留給我，我得跟他算算前帳，以了卻我多年仇怨。」

「呵呵，這不正是我豢養多年的狗嗎，怎麼今日不知報恩，卻反咬起主人來了？」

「收起你那髒嘴，手下見真章吧！」

玄清見吳道出言侮辱，怒道：「別以為你鬥王等階，就沒人奈何得了你！」

印心法陣即開，煉體降魔陣再現，這已進級衍成大範圍的墨綠色光暈，竟將在場所有人全數籠罩在內。

常昊他們也沒顧著看戲，聖雪之心、雷心屠魔、天神加護，四組印心法陣連動，將整個敵我情勢，整個翻轉了過來。始魔又發現在這法陣內，他的無間魔唱不僅生效迅速，而且威力驚人，在呂能、紫鳶與天星戰團三組戰隊加入助攻後，僅僅三刻鐘左右時間，鬥狼人馬就已死傷殆盡。

吳道本強自堅持，見手下一個個失利，自己對這吾良也絲毫不佔上風，甚至覺得自己的命體數值，正一分一秒地削減，心中憤恨著某些隊長不聽指揮，甚至都被那鄭倫說反了，要是那幾個隊長還在，怎會如此丟臉？想想留得青山在，遂想退出戰圈，著大家逃遁去了。

玄清見狀不再追趕，此役已大獲全勝，眾人歡喜，這鬥狼戰團元氣大傷，無能再與玄清爭鋒，猿降魔戰團再次聲名大噪，已落實成為雪狼城第三大之勢力了。

玄清趁此良機，大肆招募戰團成員，也順勢宣揚自己的經世理念，是以立足戰魔將即的世界，組織維護天下安危之戰團為首要目標，並全力放送星湖鎮已為戰團專屬領地消息，這讓猿降魔戰團，竟在短短五日之間，吸引了雪狼城中各中小戰團與獨立戰隊，這也包含了鄭倫等原為鬥狼戰團之成員，皆紛紛踴躍加入，甚至雪狼城外圍，也有數個示意投誠，願舉相同旗幟之大小村落。

這時玄清戰團勢力，已急速成長至三千人以上，若包含村民部落，則總數已達六千人之眾，所謂識時乘勢，大功隨至，玄清此刻，總算徹底明瞭了這番道理。

北地一登勢兩番。水火相隨盡無端。
六路天王鳴戰鼓。正德一統稱道明。

玄清思索這首句，便詢問著方吉之意，正是要他趁此時機取得這雪狼城，依方吉建議，不可讓原來那兩大戰團勢力整合，需於此時各個擊破，最好的方式，不戰而屈人之兵，將他們勸降最為上策。

於是玄清帶著吾良與始魔，首先拜訪了實力居第二位的鳴虎戰團總部。

這鳴虎戰團，是由賀鳴與薛惡虎共同領導，皆為鬥王等階，團員一千餘人，旗下戰將十名，在了解玄清來意之後，提出了賭約，以雙方各出六名進行團體戰，若他們輸了，從此加入玄清陣營。

玄清自是一口答應，毫無意外的，這嗚虎戰團最終納入了猿降魔，而薛惡虎成為玄清旗下第四個「常勝天王」。

在連續幾日內，城內第三大戰團覆滅後，緊接著第二大戰團歸降的消息，驚動了第一戰隊天鷹首領——天煌。在衡量戰隊實力與嗚虎本不相上下的情勢下，為防步入鬥狼戰隊後塵，首領天煌做了一個重要且明智的決定。

這一天，雪狼城三大戰隊分治形式不再，改由猿降魔戰團統領，玄清旗下第五位天王，正是「鷹煌天王」，此後依戰團模式，形成直屬軍力，故依五位天王，各帶領了千人部隊，以方便未來指揮行動。

此時玄清實質上已成為雪狼城之統治者，遂進一步採取了方吉建議，立聖王以成號召，將雪狼城並附近十餘個投誠村鎮，劃為聖王領地，正式與帝國分裂，這是他邁入天下爭奪之第一步與最重要之起點。

雪狼城自立聖王之消息，很快地傳到帝國之王室，依神武大將建議，最好趁此時消滅這第二個出現的聖王，以免未來坐大，影響帝國統治，然而國王費章卻以這聖王年僅十五歲為由，笑神武大將過於謹慎，料想是那群野民想出來的愚蠢無聊的遊戲罷了，他理都不想理。

神武大將勸行無果，雖暗笑此人愚昧，但比起自己圖謀之事，自然也就隨他了。

此後因應方吉籌畫之未來行動，玄清與五位天王協議後，在雪狼城領域之星湖鎮，派駐了「常勝天王」與「鷹煌天王」進駐，以監視並防止帝國之入侵。

而另外三大天王之戰力，則開始準備與小鬼聖王展開決戰，這是雪狼城立基後，趁帝國未有動作之前，最重要且必要的軍事行動。只要將小鬼聖王之勢力與領地納入，則能直接掌控包含星玥湖區域之帝國原屬北地，這樣要對付未來之帝國軍，玄清這真正的天命聖王，才有與帝國相對一搏之穩固實力。

第十九回

併吞小鬼國度

玄清巡視著雪狼城，再次來到那個特別的酒吧，針對目前情勢，認真地詢問了店主的意見，不意外的，這店主的意見，果真讓玄清刮目相看。

「現在帝國將傾，局勢必亂，有為者當乘勢建侯，今日已有雪狼城這根基，接下來自當穩固北域為首要，而必以掃除小鬼偽聖王為第一目的，再來則是解決逍遙門這隱憂，後屯兵整頓，優化組織，等強化大後方之後，前進瑯琊越關中，將整個帝國北區納入領域，如此進可攻實，退可堅守，未來乘勢一爭天下，又有何不可？小女子所知有限，僅能說到這了。」

這店主名為「麗娜」，她的作風、見解，大異於常人，是玄清眼中神秘人物之一。

在玄清統合了雪狼城戰隊之後，即如前所言，設立了「獨立部隊」這組織，即領十人為長，令百人為將，御千人為天王。依原屬天鷹戰隊與鳴虎戰隊的組織，目前是各領千人駐守星湖鎮，再徵兵分派於雪狼城東方設置哨站與據點。以為攻打小鬼聖王做準備。

既要進行攻略戰爭，情報組織不可或缺，故以常昊、紫鳶為首，成立了專門負責情報的部門，玄清想都沒想直接稱之為「暗影」，這與道門情報組織名稱一樣，會取暗影這名字自然是謫仙人心裡的直覺了。

再則策劃佈計上，玄清為避免策劃缺失遺漏，邀請了他一直欣賞的酒館店主麗娜，以及原本之神卜方吉與陳桐，形成核心之軍師幕僚，這名稱也與道門一致，稱之為「鬼谷」。

另外在獨立部隊之外，另外成立「作戰部隊」，特命吾良、呂能、始魔等結合其餘戰隊，包含天星戰隊之「天殤、刑地與人鬼」在內，各自帶領了一個千人的獨立軍隊。

就這樣，形成運籌策劃有鬼谷，情報探偵由暗影，實際行動為作戰部隊，基地設防為獨立部隊，這樣一個基礎完整的軍力組織，在一番組織設定與安排過後，鬼谷部門所達成的第一項共識，就是進攻小鬼聖王之「移除偽王計劃」。

帝國曆二五三年立春之際，玄清與三天王總計帶領四千人戰隊，在小鬼國度不知預警的情況下，攻進了百里羊腸小徑。

根據作戰分析，主戰場之刺針林地形，在鬼浮河旁的一整群丘陵地，會是理想的最後決戰之地，鬼谷依此立定之策劃，即在茂密的刺針林中，進襲隱密游擊作戰，以優先控制刺針林地為目標，逼小鬼部隊於決戰地集結，到時始魔之魔唱與玄清之法陣領域，皆可發揮最大的作用效力。

三天王所帶領的三千菁英部隊，兵分三路前進，吾良最善林戰由北路，以控制魔鬼洞北方林地為目標，始魔最能壓制魔物，由南路，繞道蒼鬱松森林，以控制魔鬼洞南方密林為目標。呂能部隊由中路之百里羊腸小徑，因為這是必然與小鬼部隊正面交鋒之處，以穩步牽制為主要目標，故由呂能這防禦能力最強的天王擔任。

另外由玄清與常昊暗影主導的第四部隊，則在正式作戰前，早早繞道敵後方，埋伏於魔鬼洞東方深處，觀察小鬼動向以伺機突襲。

❄魔鬼洞議事廳

「聖王，這人族領導的大軍雖大舉進兵來攻，然我眾而敵寡，臣建議，堅實壁壘，不與爭鋒，等他們徒勞無功，心生懈怠之下，再取一奇兵追擊，可獲完勝。」

「聖王，依臣下之見，我軍勢力強盛，可先行布置刺針林，多設陷阱機關埋伏，能叫他來人盡喪於此。」

「聖王，他這點子雖好，但是驚弓失鳥，不能全殲，若是沒有一舉消滅這愚蠢的偽聖王，恐怕將不時來搗亂，臣建議，引敵軍於鬼浮河丘陵地，再包圍之，讓敵軍無所遁逃。」

「容臣下說一句，上回派去攻打星湖鎮的二千名士兵，並無一人返還，依臣下所得到情報，僅是一惡魔所為，這樣強勁的對手，是我們現在要面對的，那麼這些計策，其實沒什麼作用，臣下建議，或許投降為最好。」

「說什麼呢！還沒打可未知深淺。」

「你不知此魔的厲害，數量根本不是重點，他的特技——無間魔唱之亡魂魅惑才恐怖，到時你看到的，只會是我族民自相殘殺的景象而已。」

「好，先別吵了，軍師，神諭呢？」

「稟告聖王，這回神諭……神諭說了與戰必凶。」

「哼，這神諭不會出問題吧？」

「稟聖王，臣下……臣下近來卜筮神諭，未曾失準，懇請陛下明察。」

「呵，之前我可都是依照你說的神諭行動，除了起初數座小村落之外，攻打雪狼城卻讓本王挫折重重，元氣大傷，你這神諭，當真沒有問題？」

「這……當初雪狼城是臣下錯看神諭，而最近星湖鎮一事，神諭早說了結果，是聖王不予理會，在臣下剛出道時，的確過分自是，所以多有錯漏，現在已知謹慎，所提建議，理道分明，以那偽聖王手下，確實有那惡魔存在，此事已甚明白，我們是打不贏的。」

「先迎擊吧！要我跟那低等的偽聖王稱降，還太早了。我說過，你們任何建議，都不會降罪，雖然……有些話實在不中聽，就先到此吧。」

兩軍首度於百里羊腸小徑正式交戰，小鬼聖王正待戰果，數刻後，小鬼陸續捎來情報：

報：我軍二十組獨狼偵查小隊，已失去聯繫。

報：我軍第一正規千人部隊，進入南方密林，如今未得回報下落不明。

報：我軍第四正規千人部隊，進入北地山脈針林，回報潰敗，逃回者不足百人。

報：我軍第三、五、八正規千人部隊，集結中央道路，與敵方僵持牽制中，尚未確定結果。

報：我軍後方鬼浮河兩岸發現大量敵軍突襲，請求盡速支援。

報：最重情報，大將軍……陣亡了。

……

「竟然沒有半個好消息！」

「聖王，該下決定了，不然，會來不及的。」

「移除偽王計劃」針對偽聖王之戰爭，在開戰短短三日後，小鬼偽聖王提出了投降協議，願意從此臣服於玄清，並尊玄清為真正之聖王，永不背叛作亂。

這是鬼谷事先預想到的結果之一，玄清很快地做了應對與安排：

第一、聖王留置魔鬼洞，不得隨意外出。

第二、諸將大臣與殘餘軍隊六千多員，併入猋降魔戰團組織，依表現專長交任。

第三、鼓勵開發星玥湖區域，能立新村落者，並設該村長老制度，特別提供保護與必要人力。

第四、現存小鬼村落，所設長老，皆須按時回雪狼城中做資情報告。

第五、所有小鬼子民，與人族並其他種族，皆須和平共處，有任何爭端，統一交由雪狼城做行政裁決。

這小鬼偽聖王，正是殘殺雪狼居與鬼人部落之主凶，玄清如此處置他與常昊之共同仇人，是已得常昊之共識，在這下爭戰之際，能放下私人仇怨，而以大局為重，方為天道大任之選，這點由玄清之表現，事事以公利為重來看，實在不負為聖王之正選。

本來提偽聖王處置建議的方吉，正擔心玄清的態度，沒想到玄清一點即明，絲毫不為難，而常昊也深明大義，完全信任玄清之決定，這實在很難令人相信，這兩個僅僅十五歲的少年，竟都如此大器穩重，難怪可勝任這天道之命了，將來「十王御政，戰魔亂世」，這聖王肯定是最可能平定天下的那一位了。

聖王勢力

- 佔地　五千萬畝。
- 軍力　戰鬥人員一萬二千名。
- 軍民　三萬。

・戰將　一百位。
・晉神　十位。
・鬥王　五位。
・都城　一座。
・村鎮　二十三座。
・遺跡　一座。

第二十回

策計

如今帝國北面朝鮮山脈，已成為聖王之疆域，即由東北沿海雪狼居起，向南至臥龍山近星玥湖之蒼鬱松森林一帶，包含整片魔鬼洞丘陵，以及雪狼城往西至冰原遺跡全部區域，再往南至星湖鎮，這塊東西狹長形似「如意」之疆域，總計約五千萬畝，皆是聖王勢力所佔領的範圍。

由此玄清選擇了一些立場公正無種族歧視的專才，並重用小鬼軍師負責建立了軍民管理部門，統稱為「行政」，以做迅速有效的管理與掌控，並進一步提供輔助以協力發展。

此任命由鬼谷部門參議決定，即小鬼軍師本為此項之專才，於兩軍交戰期間，勸降偽聖王功不可沒，又對之前罪行深感懊悔，發誓要努力彌補前愆，故一致認為這任命是最適當的選擇。

在合併了小鬼國度之後，玄清全體軍民已來到三萬之數，實際軍力上，戰鬥人員則達一萬二千餘名，其中綜合實力等階為戰將者百位，晉神十位，鬥王則是已具五名之眾。

另於都城雪狼城之外，大大小小的村鎮，也總計有二十三座，隨著獎勵開發的方案，各地皆有建立新村鎮的跡象，帝國人民也因王室政權長期腐敗，導致民不聊生，生活困頓，故在尋求安生並持未來希望之下，多數是舉家遷移，陸續由各地湧入，申請加入聖王之旗號。

另外在強化領域內之交通，又設立了「交通」部門，由程三益全權負責，主要在整修道路上，並加設各處防衛之哨站，兼具了警衛之功能。

這些行政交通組織安排妥當後，又根據麗娜建議，專門成立研發部門，以做各式武器裝備以及道器法術之綜合研究與製造，這玄清稱之為「神鑄」，這麗娜推薦了一位穿山族之有熊一脈——「執星」擔任主事，同時也由暗影成員，成立專門小組，蒐集各地神器消息，至於遺跡探險當然沒有忽略，由完成防衛任務待命之閒暇戰隊，積極鼓勵其進行遺跡之開發。

至於原本之獨立部隊，因應組織擴大之需要，改為專職領地防衛之治安部隊，由實力等階為鬥王之原天鷹戰團副手擔任統領，稱名為「聖護」之國家鐵衛。

最後玄清將作戰部隊重新整合編組，並更名為「猱降魔作戰部隊」，是總作戰人員達萬名，直屬聖王之作戰精英，由吾良任大統領，呂能、始魔、天煌、賀鳴、薛惡虎為副手，實質建立了玄清聖王最堅實之戰鬥陣容。

一切組織建立就緒之後，聖王勢力領地呈現了穩定又快速的發展，人民安居樂業，生活品質獲得了提升，也因此，於五年之後，玄清治下的軍民總數，由原本三萬多人，急速加倍成長至十五萬多人的規模，不過，這可是未來的事情。

在當前玄清治下繁榮發展的同時，帝國首度來了使者，封玄清為雪狼城主，代理皇帝北區治權，但須按時朝貢，否則將取消代理，另派他人取代。

玄清趁此時表明立場，驅退使者，並刻意挑釁，欲引來帝國討伐，這是玄清設想藉帝國入侵之時，必能設法牽制帝國主力且使之無功而返，趁機奪取帝國西極之邊城。

蓋以目前帝國之軍力，依鬼谷軍情推算，領兵大將僅那神武將軍視為棘手，其餘帝國領將實力皆不敵我方，而帝國所能出征之軍力本就有限，依國王費章的性子，最多僅能出三萬左右，這點軍力，就算由神武大將領軍，對於我方來說，可是具有五位鬥王級實力，再加上玄清之領域與始魔之無間魔唱，也絕對不能對我方造成威脅。

而根據來自帝國西城的重要消息，此時來謀取西城，正是最佳時機。

西城

長久以來，這易守難攻的西城，不受帝國重視，儼然也成了法外之地，最適合兼併以壯大勢力。

這是位居帝國北區極西的一座中型城市，人口數在一萬五千人左右，同樣接近了冰原遺跡，但是繞道入口較遠，不及雪狼城便利，雖是如此，也有冒險戰團不嫌路程而在此聚集，這自然是在當時雪狼城治安更是混亂之故。

地理位置上接臨鳳凰山脈，這山脈兩支主脈合圍若羽翼，上方多赤土赤石，有如火鳳而得名，往北之主脈連結朝鮮山脈，往南則延伸至葫蘆口之關中城近郊，由此可見這西城，是二山脈包圍所形成之巨大盆地，其南下有一處，是由高山峻嶺所包圍之平原，稱為「鹿野平原」，這裡有奇怪的傳說，在某一處特殊地入口，可見到多種族之大型恐龍聚集，算是相當原始之蠻荒區域，但這僅止於傳說，因為從不曾見過恐龍出現於這北地區域。

西城往東，越過三百里蛇道，就是北地最大都城瑯琊城了，那是帝國北地最主要的軍事要地，那繁榮度可不是這西城能比擬，相傳這西城，可是某位始魔出現的地方，那時這北地原始部落聚集，帝國一統後，出動所有軍力攻入這西城，將原本佔據此地之始魔驅離，而始魔則留下了一道空間障壁後，從此消失無蹤，但他也連同那帝國之曠古神器——「斬雄刀」封印在那空間障壁上了。

此後帝國以當時強盛之軍力，又戰出葫蘆隘口，統一了南區，最後成立這匈奴帝國，而這些都是二百五十多年前的事了。

根據情報，帝國西城之軍力，僅有二千多名左右，城主「向昕」，是一名貪生怕死之人，這裡違法亂紀之事，比之當時雪狼城雖略輕，但相比一般百姓生活同樣非常不易，但因為交通往來非常不便，移民情況也就不多，但由此累積的民怨，倒是不算少了。

統領軍隊的是一名晉神級之高手，其餘戰將級別不多，因為長期怠惰懶散，疏忽軍事，整體而言實力不強，若直接掌握了城主與這位統領，那西城就能落入我方掌握。

這在暗影確定此消息之時，玄清就與鬼谷著手規劃這奪城計劃，恰好帝國使者一來，玄清趁機挑釁帝國出兵，正好開始進行這奪城佈計。

第二十一回

奇襲致功

這一條隱密通道，只有冒險戰團夠清楚，從西城前往冰原遺跡，就只有這一條翻山曲徑，可以繞進遺跡入口，相對的，要從雪狼城通往西城，也能循這方便之通道，這條通道，充滿魔物，對於一般人而言堪稱危險，是除了冒險戰團之外，無法安全往來行走的私密通道。

在帝國使團回國後，由於玄清的挑釁，並無意外地惹怒了國王費章，令神武大將領三萬帝國大軍，直奔雪狼城而來。

這神武大將實力等階為鬥王上階，是號稱帝國內無敵之存在，旗下十位副將皆為初階鬥王，實力不差，算是帝國中最菁英之部隊，依暗影情報，帝國十位副將各自帶領三千軍力，分為前、中、後三軍，入關中經瑯琊，打算匯集於星湖鎮近郊，預計將在一日後迅速集結侵犯我方邊境。

這時玄清早已佈置計畫完畢，分派三位天王各帶領二千部隊，分別前往瑯琊城外埋伏，並集結剩餘五千軍力鎮守星湖鎮，就等這帝國軍隊到來，這是要將主戰場留滯帝國境內，不讓帝國軍隊入境，除了讓帝國軍有所顧忌之外，也能尋機偷襲瑯琊城，以製造敵方的混亂。

而在情報確定之前，玄清秘密派吾良帶了一支實力平均最強的千人隊伍，由冰原遺跡那條冒險者出入之隱密通道，星夜繞道至西城，獨立進行攻佔西城之計劃。

這帝國神武大將，憑藉自己之武勇，無敵於天下，對於玄清這十五歲的孩童聖王，根本不放在眼裡，只想直接驅策大軍，到雪狼城後好好教訓一下這狂妄的小子。

玄清哪能讓他將大軍開來決戰，自然是要分批擾亂，讓帝國軍紛亂不安，以達到誘敵、驅敵並打擊士氣的重要效果囉！這些軍事策略，自然來自於鬼谷幕僚綜合之建議。

在帝國大軍分批行軍，尚未完全至星湖鎮集結之時，就在瑯琊城郊外，已連番受到聖王軍侵擾，其中甚至還有自軍互鬥之情況出現，據報告，聖王軍都是一隊一隊出現，趁行軍休息時打來，打完就跑，正要再歇息時又來，搞得軍隊躁動，不能安營休寨，特別詭異的，若是聽到奇怪的梵唱聲，大家就會被這聲音弄得迷迷糊糊，莫名其妙地就與自己人打殺起來了。

這帝國軍在瑯琊城郊外，經過聖王軍之連番滋擾，各個早已煩躁不安，又兼統領神武大將不熟軍事，搞得人心惶惶，士氣低落，正在這時，玄清率領五千軍力，正面突襲而來，緊接著後方又有部隊衝殺攻入，這時玄清降魔領域大開，帝國軍隊一時不明受制，始魔之無間魔唱，陣陣侵蝕入心。

薛惡虎驍勇單騎，左衝右突，如入無人之境，天煌與賀鳴立於上空，協力法施天虹之罪擊，敵軍受罪，基本皆滅形，呂能護住玄清，就如銅牆包鐵壁，菲菲聖雪之心，輔強玄清之等階，令其煉體降魔陣，成大殺之領域，而常昊與紫鳶，專取領隊，獵殺於瞬間。

這一回瑯琊城郊之決戰，帝國軍士氣迅速崩毀，各個逃命自救，也有投誠歸降，更有敵我不分，自相殘殺，或者無知抵抗，究竟亡命，玄清等再一次大獲全勝，帝國神武大將，縱使有無敵之身手，也難於大軍之中逞兇，灰頭土臉地帶著殘軍敗回瑯琊城，並緊守城門，深怕這聖王趁機進一步揮軍攻入。

戰後結算統計，己方僅有少數傷亡，而帝國軍則損傷大半，其中投降聖王的，就有近五千之數，玄清將之分派於「聖護」之體系，並協助交通與建村工程以能實際作教育管轄，另外要求帝國戰敗賠償，與簽訂雙方和平協議，這個交涉，自然由小鬼軍師出馬最為適當了。

而玄清也趁此機會，於瑯琊城近郊設置了多處永久形之哨站與駐軍，用來喝止帝國軍再次蠢動。就這樣，雙方休兵簽訂，玄清至此迎來了一段長達五年之久的有效和平。

在這同時，吾良捎來好消息，西城任務兵不血刃，已順利納入聖王旗下，原城主向昕與統領，將與副將回雪狼城面見聖王，目前吾良留下守城以穩固軍心。

這消息著實令玄清大感意外，也讓鬼谷三人不解，後來才得知是始魔的緣故，對於始魔這個方式，倒是讓玄清有了進一步的點子。

在這整個大勢底定之後，五年的和平發展，讓玄清這聖王勢力，已與帝國之整體實力相等，帝國在這五年內，國王費章心心念念的技能創造，也終於有了突破性的發展，甚至已開始運用於軍隊之試驗。

雖然自身實力之強化迅速，但帝國這情報卻讓玄清相當憂心，畢竟在之前各種爭戰之中，取決於勝利的，就是玄清自身技能的特殊性，萬一這優勢不再，很難想像未來所要面對的，將會是多麼令人難以推測的變化。

而且如果那個眷屬契約，也能被創造出來，那豈不是……體認到這事情發生的可能，玄清集結鬼谷、暗影與天王等重要幕僚與部門，商量往後之應對。

以目前己方技術能力不可能追上帝國的現實下，或許只有兵行險招，去遺跡拚上一拚了。

另外玄清這原始猿降魔戰團五人，在這五年內之鍛鍊，其實也有了不錯的成績，以綜合實力來說，玄清與常昊，皆來到戰將等階，而陳桐與菲菲已達士武上階，另外紫鳶，則剛入士武初階。

還有最重要的修聆資訊等級，也都有了突破，玄清來到五十五等，常昊五十三，陳桐四十八，菲菲四十七，紫鳶也已經到了三十八等。

這最明顯的重點，自然是隨著等級提升，所增加造物賦予的職業技能與職業選擇，陳桐職業由解說者晉升為「決勝者」，其職業技能由鑑定進化為「謀略」，而菲菲由祭司轉職為「造夢」，凌冰之護則改為「圓」。

至於玄清的技能，屬於技能之整合，是由凝形與造魂融合成「御魂」，這已屬於造物之範疇，是能製造擁有自我意識魔物之方法，而滅形與噬魂則融合為「吞噬」，這如同字義，能吞噬諸生物有形，轉化為魔素道能，但這技能受限於等級，對於遠低於自己之魔物方能使用。

玄清有著深切的認知，確信只有自己真正強大了，才能保護好所有的一切，以往事情過於順利，必然在未來迎來更嚴厲的考驗，在這時機點上，其實他的內心，一直隱約出現著危險的預示與不安。

第二十二回

無雙殺手

我得親自確認，這位聖王，是不是真值得我為他拚上這條性命。

一位高瘦，堅定的身影，佇立在雪狼城行政中心前，身被騎士武裝，雙手抱胸，身旁周圍一股氣息湧動，捲動著紅色的披風。

這種僅靠散發氣息，就能形成能量漩渦的境界，肯定已到晉神中階，玄清今日剛由遺跡深層鍛鍊回來，左右聖護趕忙來報：「此人已在那邊佇立了三日有餘，問他不回話，一動也不動，我們想要驅趕，連近他身都難。」

「閣下可是專門尋找在下？所為何事？」

「正是等你，來跟我一戰吧！」

「有沒有必戰的理由？若沒有，恕在下不奉陪，若是不嫌棄，我知道有個好去處，能讓你吃飽喝足，畢竟你已經在這邊三天三夜了，也該餓了。」

「你沒有膽量與我一戰？」

「不，雖然你等階境界比我高，但要贏過我，可沒那麼輕易，我是不喜歡無謂的爭鬥，更何況，我不想佔你便宜。」

「是嗎？派一隻惡魔，奪了帝國的西城，這又該怎麼說？難道不是取巧嗎？」

「西城之地，帝國早已放棄，那裡的人民身處水火，我施援救助，僅憑一人之力，兵不血刃，戰無見傷，百姓期待歡迎，這，難道不好嗎？縱使利用了人性弱點，而輕易達到目的，這不比光明正大的決戰，但必定造成雙方死傷好得多嗎？單憑你這見識，倒是枉費了我對你的期待。」

「哈哈哈哈！臨釁不怒，處危不懼，隨機應變，為民實利，真不愧是人人口中的聖王，在下稱名霍之元，前帝國無雙侯——凌雲少將，今番毛遂自薦，專為聖王，除去那帝國偽皇，以還人民希望。」

這霍之元，已接近鬥王等階，稱為當世神速第一人，論帝國暗殺手段，無人能出其右，或許以暗殺聞名之逍遙門才能有人相比肩吧，當日於帝國王廷中憤怒離去，本想就此離開帝國，卻在那時聽聞了玄清聖王消息，故留下暗中觀察，這回是親自來見證的。

玄清聽完他的計畫，與鬼谷一眾幕僚商量後，覺得行刺這事有神武大將軍等聖王護衛，以那神武大將的技能，暗殺手段在他面前，成功機率都不大，不建議他如此冒險，倒希望以他的實力來相輔佐，未來正式對敵開戰，也必能達到相同目的。

在一番勸解下霍之元仍甚為堅持，所以玄清與他商量，派了常昊與紫鳶暗中與他配合協助，大體以安全為要，若能探些虛實，也就是有功了。

在霍之元所指暗殺行動提醒下，讓玄清重新認真思慮著逍遙門這個以暗殺聞名的組織，一直置放不管，恐怕總有一朝是個禍害，但考量到逍遙門裡面有著聖尊坐鎮，若輕易討伐必有巨大損失，目前還是只能先派人密切注意就好，未來總應該能等到成熟機會的。

再則相關西城之事，自從鹿野平原那古老空間障壁出現後，始魔對這五道封印的研究，已過了半年之久。聽他說封印上面之神器斬雄刀，對他有著強大的威脅，所以研究過程不算順利，不過目前已知這封印必是一道連結空間之門，且應該就是進入上古恐龍世界的傳送法陣。

這與冰龍前輩當時的說法一致了，說不定如果將始魔這消息傳遞給她，就可能解除這封印了，只是這封印解除後對於我們是好是壞，可還真是茫茫的未知數。

在自身實力未能真正踏實之前，一切的變數，恐怕都是不利的。

想到冰龍前輩，就聯想到常叔了，他現在到底在哪兒呢？距離星玥湖一別後，也有十年了，這幾年派人四處打探，卻是一點消息也沒有。對了，那賢者吳道一，不知道是否還隱居在那？好幾次要去拜訪他，卻都是落空，說不定早回到他的國度去了。這聖菲爾王國，會不會是未來可能結盟的夥伴？有機會應該了解一下。

還有最令人擔心的糧食不足問題，這北地本來貧瘠，又是冰天雪地，隨著軍民人數越來越多，這以前積下的存糧可是越來越少了，若沒能解決，那一場飢荒之亂勢必來臨，若真沒辦法，到時也只能有所取捨了。

關於「聖護」如何才能成為有用的作戰部隊，以承平時期來說，數量實在過多了，但若減編，必然引起不必要的猜想與麻煩，想想大戰也將即，能轉成戰鬥部隊就是最理想的，只是怎麼做最恰當呢？

再來神鑄這五年的進展，實在挺有限，花了不少國庫呢，但研究最是花費，也是少不了的，希望能盡快展現成果來。

這神鑄倒是讓我又好奇起麗娜的真實身分了，每次提及時，都有意無意地推開了，雖然讓我困惑，但好似也無法在意，總之個人隱私，對我們也無妨害，不過那天聽聞了狐仙救子的故事時，她的反應，讓我不能不將她聯想在一起，她應該就是那位不能成道的狐仙，不然就是與那狐仙有很親近的關係，不管哪一項都好，真希望她的狐仙關係，能幫助大家解決未來這許多的難關。

最後就是天王們的實力了，似乎這幾年來都是停頓難以進展，這應該是鬥王等階時，進展本就極度緩慢的緣故，應該從別的方式來取得突破才行，「明采化玄經」

或許就是轉機，只是尚未得到賢者吳道一的首肯，所以遲遲不敢下此決定啊。

玄清細心地反覆思考這些大大小小的問題，忽然靈光一閃，隨著和平協議到期……這絕對會是一次性解決問題與未來危機的好方法。

那位鬼谷部門之新人，他所規劃的建議，甚合我現在的想法，得再確認看看是否合乎實際，若加上這回霍之元那邊的情報，應該就可以確認可行性了，那這樣，下一步就是……

玄清目光指向了地圖中間那座大城市——帝國重地瑯琊城。

先引誘帝國聚軍於瑯琊，再以始魔之法，拿下關中，截斷援軍，而後圍困敵軍於瑯琊，在成功取下後，東興必然順勢歸降，而後以關中為出入國度之關隘，將重兵置守於此，將大幅減低防衛區域，剩下的人力，大可用來開發各處之荒地，當然還得趁帝國未能反擊之際，一舉殲滅，這樣就可以得到長時之安穩了。

第二十三回

邪惡奸計

一道黑影，追光瞬至，王城邊牆上，等候著交接衛士離開，隨後幾個轉折，來到殿後御花園閣樓，這是那人最常出現的地方，閣樓前有一戲台，他喜歡在晚間，觀賞美人醉舞，今晚也無例外，隨著音樂聲起，數位佳人，身迎仙彩，舉動婀娜，身形曼妙，齊整地舞動了起來。

觴，心醉，嫵媚，榮華夜，帝皇閒。
鶯聲語燕，食酒正淫。
縱樂無思苦，庶民肉骨殤，細數流月荒唐。
天意命我斷殤，此道當於前。

一七令

這昏君，今日我當為民與你做個了結，霍之元看準了皇帝所在，數道暗器接連打在了無形護幕之上，見此式不果，遂近身刺殺。

這霍之元持劍快步一送，將近之時，一排花掌翻飛，徑直往霍之元上身拍了過來，這力道雄厚，氣勢狠辣，兼雜一股至腥臭味。

霍之元急忙凝氣迴身，一招「雙燕搏」巧妙地飛騰上空，乘勢往下疾刺，一挽劍花籠罩周身要害，避無可避，此人一聲輕蔑，翻掌還拳，霹靂大震，將此劍式化得乾淨。

霍之元飛躍縱離數丈，單劍拄地，身旁泛起氣旋，瞬間十幾道化身凝現，重重身影，式式精奇，似乎無一是真，又如各個皆實，此人道了聲：「呵，遇上我，真可惜了你這身功夫。」即見火光閃爍，此人竟如虛影，霍之元劍劍落空，「燕雲十八式」首次落敗，驚愕之餘，霍之元不再戀戰，趨步神速，隱身退去。

不料，一指穿來，霍之元閃避不及，穿過琵琶骨，隱身被破，右手立時癱軟，左手正欲按拳，又一掌拍中胸膛，倒飛了數丈之遠。

「呵呵，早知你來刺殺，這是為你準備好的送行禮。」

「閣下莫非神武大將？何必再為這昏君賣命？」

「為那昏君？你想多了，像你這種單純的性子，到地獄去反省，對你才算好處。你的行蹤早在我福天閣的掌握，今天認命吧！下輩子就別這麼蠢了。」

就在這時，數群鬼針與暗箭齊至，一道獨角血紅暗影，接走了霍之元，迅速地消失在神武大將的視線中。

神武大將輕聲冷笑：「好戲正要開始，這中了我的血煞掌，神仙難救，早晚要死。我倒想看看，你這聖王能有何本事？」隨後身旁數道黑影疾速追出。

此刻霍之元臉色泛金，嘴唇透黑，性命危急，早已昏死過去，常昊連發瞬移，疾施空間躍動，卻發現背後數道身影追蹤，移動速度驚人，常昊立下決定，留下斷後，交代紫鳶先帶霍之元回城。

常昊停下腳步，面對眼前這七位黑衣勁裝打扮，一股熟悉感，強烈觸動著他的靈心識覺。

「我們……應該……認識吧？」

「承蒙道主多年提拔照顧，今日我等需了結此段因緣，所以只好與道主坦誠相待了。」

七人各自取下臉罩，齊聲道：「暗影七煞參見道主。」

「竟然是你們！這五年來，你們藏得真深啊！」

「是道主天真，讓我們能有所發揮而已。」

「可以告訴我你們背後是誰嗎？」

「將死之人就別好奇了，回地獄再問問閻羅吧！」

隨即七人踏罡轉行，由天樞起步，倒轉北斗，同步祭起了七煞煉形陣，此時見七道赤色鎖鏈，如蛇吐信，八方四面，襲向常昊。

常昊知此陣厲害，鎖鏈觸碰不得，只好不再隱瞞他魔劍之能。

「我待你們出自真誠，你們卻嘲笑我這天真，既然如此，再無情念，今天將讓你們見識，何為刑天之魔劍吧！」

只見常昊立形不動，周身泛起血紅，一道道如血劍之利刃，迴旋於身旁，這使得近身之七煞鎖鏈，無例外地橫遭截斷。

「道主這招可真妙極，但不知你能撐多久？」

「撐到你們都下地獄，是應該夠的。」

「呵呵，死到臨頭還嘴硬，這些年輕人啊。」

常昊回想起臨行前玄清的交代，實在打從心裡佩服，倒是這七煞，是連玄清也瞞過去了，看來國內奸細不少，尤其我這暗影，他們說的沒錯，我還是太嫩了，不過，這始魔也應該到了，該不會在旁邊想看我還有沒有隱藏什麼招式嗎？這始魔的個性，就是這一點令人無語。」

「喂！既然來了，就別看戲了，趕快幫忙料理這七個雜碎吧！」

「哼，還期待有人幫啊，虛張聲勢，看來是撐不住了吧！」

「嘻嘻，恰恰相反，我正想我們這常昊道主，本事還沒盡展呢，就想等他發揮一下的。」

這種遊戲世道的音調，七煞一聽，毛骨悚然。來不及驚訝，等不及理解，七人轉瞬間，隨著一聲聲淒厲哀號，漸漸消失於無形，靈魂已被始魔吞噬了個乾淨，就連自我也不剩了。

「道主，能跟我說說，你那一招是什麼嗎？」

「『化魔刃』，這是看你幫我這回的份上，以後可別著急著看戲了，要哪天出任務，不小心把自己人玩死了，可是來不及後悔的。」

「您這神武大將軍，可真是威風了，連今日來這隻小老鼠，也能算得這般精準。」

「呵呵，正常手段罷了。」

「我說，這費章老兒，何時把他罷了啊，你來當，不是更好？」

「那蠢蛋才好控制，目前並不礙事，等時機到了，自然也要行個正統的，讓他再多辦些傷天害理的事，等民怨積得更多些，讓天運更替，到時讓我上位，可就因緣乘勢，所向皆能無阻礙了。」

「可別因此便宜了那個叫聖王的，現在連西城也都在他掌握下了，不知哪天，會打這王宮的主意呢？」

「呵呵，他可是這塊帝座的正主，本來依照天意，這塊方域就是囑咐與他的，不過，他沒這機會的。」

「哦，既說是天意，難道還可以違逆喔？」

「這就是我為什麼這些年來，三番兩次幫他的理由了。」

「這……妾身可就不懂了，你是要我潛伏在他身旁，幫忙籌謀畫策的，但每一次都對他很有助益啊，也不像是害他。」

「『氣勢帝旺，蟲死不僵，欲拔根基，唯令勢亢』，我要取而代之，不可逆天而行啊，這道理，說來挺深，其實也不難懂，總之，好戲快要上了，妳的願望，也能很快實現的。」

第二十四回

斬雄刀

西城是神武大將刻意不干涉始魔行動而讓與玄清的，在五年前的大戰，玄清大獲勝利，自然也是他的安排，還趁機要他那五千多名忠心部屬投誠，巧妙地塞給了聖王，那些可都是神武大將的影子啊。

神武大將估略，讓那年輕天真的聖王，屢嚐勝利的甜頭後，才能因各種的自是與無知，盡快走向自我毀滅的深淵，而他這多年的佈計，也終將開始收尾，準備畫上句點了。

只有天命帝座正主自尋死路，他才能扭轉天意，乘龍及勢，取代這聖王之位，實際列名「十王御政，戰魔亂世」，也就真正取得了競爭天下之資格。

十幾年來，帝國各處之動亂與飢荒，魔物對各村鎮之肆虐，其實都有這神武大將的佈局影子。

藉著營禍造亂，以壞帝國原始根基，進而積累龐大之民恨與怨力，以養天命之誓而立聖王帝座，再將天意之聖王推於死地，讓自己承接這遍地之無盡權能，屆時由此縱橫天下，世界將再無敵手。

這是福天閣的秘密計畫，是懂得造化之道而相應之籌算，稱為「擎天之博弈」，是那位聖尊最喜愛的遊戲之一。

神武大將是他精心挑選的棋子，這些年來的表現，也的確沒有令他失望，在尊行掌控天下之道之同時，也能獨創巧思，挑戰了所謂造化之極限，只是天意可沒那麼容易就接受他的扭轉，要不是把始終理道，處理得自自然然，那就絕不會讓天意認可的。

在萬民眼中，神武大將把持帝國朝政，左右國王之決策，可是全然無知的，若這王位正統，已然傾頹，救世主之聖王，既成末路，屆時再以廢昏君，濟萬民為口號，則染指天下，就不算不正義了，也就符合所謂的造化之道。

這福天閣之企圖心，遠比人們所理解的要大很多，若知道這真相，「福天濟世」，就真的只是一句笑話了。

只是真相，永遠只在那些極少數不欺瞞自己，能明觀天下者的心中，要知道，所有世間真相，其實都是被自己的認知所蒙蔽的，這統稱之為「自尊欺瞞」。

成見形成認知障礙，故為蒙蔽，真相如同否定一切，是為重造，這對於人們心靈上這懦弱的自尊，是絕對不可以被允許的。

雪狼都城

血煞印心，六脈封存。
輪迴惡道，金面歸魂。

「這是極陰毒之掌法，僅見於『神滅』之領域，不知這神武大將來歷，竟與這組織相關。」陳桐緊急地幫霍之元穩住傷勢後，繼續說道：「這是血煞掌之毒，練這掌的人心地不會好到哪去，你們知道嗎？單單練此掌的方法，需要浸泡處子血來說，就已經夠變態了，還有……算了。這些旁門左道，可都是所謂名門搞出來的，幸好他已暈死過去，不然這六脈封存，宛如刨心割肉之刑，任誰都是難以承受的。」

「那他還有救嗎？」

「你看他全身已快轉至金色了。那個金面歸魂，他應該就是快到極限了。」

「我正想，把那顆『霜煉炘毒丹』拿來試試，現在只能死馬當活馬醫，以我鑑定之技能，這有些成功機率的。」

玄清心想，依照常昊所說情報，恐怕國內能真正信任的並無多少，得重新多做觀察了，看來我們未來要對付的不是王室，而是這隱藏幕後的神武大將了。

若如常昊所說，我等實力相差太遠，恐怕之前，五年前神武大將帶隊時，就是根本作戲給我看，若是這樣，那國內恐怕……嗯，以現在實力差距，那西城之斬雄刀或許是快速彌補差距的最佳機會，始魔這次與常昊回來時也說了，確定能解開空間障壁之封印，那麼就先走上一遭吧。

「陳桐妳留下來照顧他，我跟菲菲、常昊、紫鳶、吾良去一趟西城。」

趁這時對方尚未主動，掌握好提升實力的機會，是絕對必要的。

玄清這時想到的是，這幾年來，太過順利所感受的不踏實，原來是他人有意堆砌出來的假象，難怪心中時常不安，總感覺國內暗滔洶湧。這些暗潮，恐怕已是無數了，若想一波波地將這些除掉，那國內人心必將大亂，不只元氣大傷，還會增生民怨，若因此令我遭受不測，那麼群龍無首之下，他再揮軍北上平亂，令天下歸心，恐怕這就是那一位想看到的樣子了。

這時來自深層的意識，隱約地告訴了他最真切的答案：「人們的執心，從來只會服從於強者，只有絕對的實力下，才能鎮壓一切蠢動的勢力。」這是玄清謹慎思考後，所得到的真實體悟。

五道遠古封印，對應五方至能，只要同時注入相等的魔素，就能輕易解開這封印，難的地方在於五道精純至能，如何取得的這一點，這對於他人來說，就是最困難了。

始魔研究了大半年後，終於發現這個奧秘。

在解開外型五道封印後，一列石門，緩緩由地面浮了上來，上面仍是五道封印，中間卻擺著一把血紅色的神器，這應是斬雄刀了，原本只能感受這神器的存在，現在終於現身，看來得再解開這內部五封印，才可以完全取下這神器。

「這斬雄刀可真不凡，似乎已形成了自我，他這靈魂的樣子，倒是令我有些驚心。」始魔邊破著內五道封印，邊想著萬一這斬魔刀脫離束縛，是不是會直接跟自己對上一架啊？他可沒把握能贏，不過始魔本就好鬥，也特別期待，遂想著與這斬雄刀溝通了起來……

「哈囉，醒來吧，我放你出來，然後跟我打一架，怎樣？」

「你是小屁孩吧，我不斬無惡之人。」

「練打而已，誰要讓你斬了？」

「陪打，沒興趣，我一動手，就得補上血氣，不然影響我修行的。」

「簡單，打完我再讓你一些血氣，不就得了？」

「呵，我收血氣，是包含靈魂一起吞噬的，難道你想把命給我？」

「有趣，你雖然能克制我，還不一定打得贏我呢，這麼會說大話。」

「可以試試，我也好久沒練手了，只是你死了別怨。」

「我也可以吞掉你的，只是我並無興趣，因為你可是我要奉獻給主人的，若你輸了，就甘願一點，以後做夥伴吧。」

「你有主人啊，真想不到，目空一切，鼎鼎大名的惡魔原初之黑，竟然也會有主人。」

「呵呵，這是我甘願的，你不知道他的靈魂，可美麗了，我能待在他身旁，就是一種幸福，整顆心都不再躁動的，這種感覺……唉，說來你也不懂吧。」

「聖潔的靈魂，的確不錯，但也不至於讓人著迷吧，看你饞成那樣子，你是……變態吧？」

「呿，我是要將你放出來的恩人，說話應該客氣點。」

「我在這裡好好的，並不需要你幫我放出來。」

「別騙人了，這種孤獨感，我可是最清楚的，來吧！出來打一架，你應該不會讓我失望的。」

「我看你還挺順眼，對你說的主人也有興趣，這樣吧，我們在靈識幻境打架就好，也可以盡興，又不會有危險。」

「可以，那麼，我設個障壁吧，還有，別打太久，我的主人快到了。」

「依你的實力，我估計你很快就會向我求饒了。」

「想太多了吧，我全身是黑，你瞧得到我的底細嗎？」

❄

就在玄清一行往西城之時，神武大將帶領了數個隨從，亦朝西城而來。

這始魔與斬雄刀之爭勝，結果始魔是輸了，一臉哀怨的他，順手解開了這內封印，就在這時，大地震動，天現雷鳴，一道閃光落下，將此石門化成七彩之透形光幕，空間之門終於呈現，此時竟不見始魔身影，似乎是被吸入這空間去了，而斬雄刀則依然掛在石門之上，透體殷紅的血光，相當害厲詭異。

這道雷閃，讓玄清與神武大將同時感知變故，雙方在同一時間，到達這封印之地。

電光一瞬，神武大將強佔先機，單手抓住斬雄刀，正將它從石門光幕中慢慢拔了出來，玄清感受這斬雄刀對神武大將的抗拒，遂將自身魔素，由遠處釋出，射向斬魔刀，助這斬魔刀一臂之力。

這時，本來被拔出的刀身，瞬間縮回了大半。

「好小子，懂得用這招，還真是小看你了，既如此，我拿不到，你也別想得到。」右掌一拍，直接將此神器拍入了光幕之內。

「來吧，小娃兒，讓爺陪你玩玩。」

「久聞神武大將之名，今朝幸會，不過要分勝負，可不急這一時，我只是來取斬雄刀的。」

「呵呵，此斬雄刀可是神器，必認主兒的，哪能說取就取？」

玄清不做理會，只是朗聲大喊：「斬雄刀，我今賜名『魔斬』與你立定契約，你若願意，就回應我的召喚吧！」這神武大將正要取笑，忽見斬魔刀遁形飛出，直接落到玄清手中。

瞬時斬魔刀通體散發金光，正是突破進化之兆，這一幕，將神武大將與一旁眾人都驚呆了，除了常昊幾位外，都不明白玄清命名的用意，也不知為何這斬雄刀竟能遵循他的命令？

其實這也是玄清直覺上的嘗試，卻不知真被他矇上了。

玄清隨即回身欲退，神武大將一爪抓來，常昊見狀挺身阻擋，卻被他一把抓住，拎了過去：「小子，給你十日之期，與我決戰，死生不論，若不來，你這夥伴，可要陳屍於西城牆頭上了。」

第二十五回

無敵

不知何時開始，也不知何時能夠結束？

「天寒地凍的，食物取得不易，我們都餓多久了，這些樹根早吃膩了，不如將這沒用的東西煮了來當作肉食，還可以幫大家去去嚴寒，至少撐持個日子。」

「唉，畢竟是族裡的，有些不忍心啊。」

「他這樣子，早晚不都得死？不如用來救救大家。」

「別猶豫了，族長，你看看大夥兒，哪個不像餓鬼，再沒東西吃，我們這族到此可就斷了。」

這族長看著這群族民，就像雙眼無神的走屍，想了一會，還是狠下心來了。

「他娘去幫族民找吃的，就趁這時候吧，至少別讓他娘看到啊！」

一旁聽著的族民，兩眼露出微光，頓時來了精神，動起身來也利索些了。

「他這成長條件雖差，但體格可還算不小，若煮他這一鍋緩緩吃，應該是可以讓大家撐個好幾頓的。」

少婦回來後，焦急地哀求道：「你們在做什麼……？不要啊！我求求你們，不要這樣對待他啊！這是我找回來的食物，都給你們、都給！拜託你們放了他啊！」

「他沒用的，長大後只會是累贅，而且在這種世界，遲早也得死在這裡，若妳再不聽話，信不信我連妳也一起殺了！」

「他還這麼小，說不定，長大後也會成長的，我求求你們了！」

「只能怪他命不好了，早點投胎，說不定是好解脫，在這世界，就是無間斷的地獄，有什麼好留戀呢？早死未必不是好事。」

「……你們還是人嗎？」

「少廢話，把他綁了！」

「你們執意如此，我只好跟你們拚了，別小看我，我好歹也是三十級魔法師！」隨著吟誦聲響起，這婦人身旁旋起了層層漩渦，將這小孩捲起，遠遠地，帶到不知名的邊際了。

雖然滿腹委屈，雖然看著唯一的親人為了自己赴死，卻是想哭也哭不出來，這反覆循環的惡夢，似乎讓他感覺，自己沒有醒來過。這無盡的黑夜與寒凍，成了這一生最深刻的經驗，除此外，都已遺忘得一乾二淨了。

他為什麼被眾人拋棄，就只因修聆數值極低，不是成為族人的累贅，就是遲早也得被惡獸吞食。

大雪中，凍得發抖的他，再度驚醒，又是作著同樣的夢，看來已深深地在心中烙印，這反覆的夢境折磨，早已讓他心生疲累，就是這麼揮之不去，就是這樣令他心煩：「難道……我就得這樣莫名其妙地被糟蹋，沒有任何意義地死去？」

對面那幾隻野狼，正在等他倒下，順便來個便宜現成的晚餐吧。

「我痛恨這樣反覆無聊的人生！」他第一次發出心底的怒吼，久久不盡，直到聲音嘶啞，氣力用盡，終於虛弱地倒下了，這野狼看這時機，衝上來開始撕咬著他的軀體，忽然間他雙眼圓睜，面露猙獰，朝著野狼的脖子用力地咬了下去，一股熱血噴灑而出，一股腦兒地，全都吞了下去，任憑這狼哀號慘叫。

此刻他就像隻惡魔，眼露凶光，滿臉濺血，瘋狂而且殘忍，邊生吞著手裡這野狼，邊瞪向其他，好似準備隨時撲上去咬上一口，這讓其他野狼感受到了危險，皆逐步後退，漸漸地逃散離去。

手中這狼終於死透了，他也跟著這樣昏睡了過去。

太陽東昇，雪地又化開了春景，這小乞丐悠悠醒來，朦朧間，腦中修聆資訊閃動，擊殺十級雪狼一隻，等級提升二階，技能點數增加十點，新增技能，撕咬初階一級，禦冰初階一級。

他發現了，原來他可以學習其他魔物的技能。

就這樣，他開始了他的狩獵之旅，不管是什麼魔物，他都一定將對方吃個乾淨，也因此，技能不斷累積，也不斷地融合進化與再造，直到有一天，人們給了他一個稱號「魔人」，他開始想像，若是吞掉那些強者，是不是代表，也能順利奪取他們的強力技能？

於是，他開始試驗，從北地到南域，行走了這帝國，也打遍了這世界，終於人們都開始懼怕他、阿諛他，諂媚著稱他「無敵」，最後得到那人賞識，特地將他帶進了福天閣，從此他的人生，從此也就煥然一新了。

這是——劉洪，神武大將，在腦中揮之不去的往事，他所信仰的，就是絕對的實力，在這險惡時代，沒有什麼，比這更值得信賴了。

已經好久沒有再作這個夢了，直到那次與那聖王照面之後，內心潛藏的不安，竟然又鼓動了起來。「這是怎麼回事，難道我有可能輸嗎？」

別開玩笑了，我是怎麼走過來的，那可是真正的煉獄啊！那小子，能與我比嗎？

第二十六回

雙雄決戰

約戰之日，西城競技場，神武大將約戰聖王，早已讓洶湧的人潮把這附近一帶擠得水洩不通，這是來自各城的見證，甚至傳到了海外，也有人專門來看這一場生死搏鬥。

「這聖王是什麼來歷啊，怎可能贏過神武大將？」

「無敵之名，可是響徹了整個帝國啊，任誰都難以撼動吧！」

「聽說賭盤一比一千，賭聖王贏，你不試試？」

「肉包子餵狗的事，我可沒興趣。」

「我看啊，說不定聖王是有把握的，所以我支持了一下，或許能被我賭贏了。」

「你就作夢去吧。」

為避免傷及無辜，也為了不讓他人影響雙方對戰，這競技場設立了多層結界，玄清手握斬雄刀，一身雪白銀鎧，自信地佇立著，這銀鎧可是菲菲為他特製，裡面已包含凌冰之護等多重術法之增益。

神武大將身著青衣，一派道仙模樣，背上長劍七呎，玉樹臨風，倒似神仙今日下凡塵。

「小子，如果你願意歸降於我，今天我可以放過你，以後榮華富貴共享，更可以一起往海外擴張勢力，要一統天下，未必是夢。」

「我也願意收你為眷屬，以後共同合作，剷除昏君，為百姓謀福祉，若有勢可乘，該我為天下一統，也是義不容辭。」

「哈哈，淨耍嘴皮，有用嗎？實力見真章吧！」

只見劉洪右手食中二指凝起劍印指地，左手背後蓮花印心指天，在道能催動下，一股氣旋急速圍繞劍指，一聲——「初炘」去，一道凌厲氣旋破空，已直奔玄清眉心。

「神武大將這招，可是『龍炘劍域』起手式？」

「沒錯，這是劍脈『無鋒』的鎮派之寶，沒想到他也會。其實這只是虛招，重要的殺招藏在後手。」

玄清但見其勢甚急，若不可避，遂立身不動，舉起斬雄刀橫擋，接著連施冰刃化針，刻意朝向神武雙眼，此時玄清身旁黑影急竄四散，同時數道鎖鏈，各以不同方位，攻向了神武大將，此鎖鏈只聞其聲，不見其形，甚是難防。

「聖王這招，可讓我開了眼，從來也沒見過。」

「這招式讓我聯想到一種魔物，方式挺像，就不知實際效果如何？」

劉洪哼了一聲，曲劍指化形護身，再一式「二殤」，二道劍氣一前一後，一者厚實強勁，一者後發先至，竟能前後夾攻，此招若迅雷，指物瞬至，玄清不避，直接以「吞噬」化能，這能將敵人勁力化為魔素吸收，但劉洪此勁力甚強，只能化解少許，這招二殤，結結實實地打在玄清身上，凌冰之護雖隨即啟動，但也震得玄清一陣暈眩。

「這六脈貞魔指，還沒有幾個能讓我施展完全，你可別讓我失望啊！」劉洪一面提防周圍四道無形鎖鏈的攻擊，一方面趁機取笑，顯得應付自如。

「哈，再來四個，看夠不夠你忙！」隨即御魂再化四道黑影，鎖鏈聲響，更加繁複了。

「原來神武大將這招式叫六脈貞魔指，兩者實在太像了，不算丟臉、不算丟臉。」

「聖王這招可真夠奇了，若說是召喚，也沒聽說一次能這麼多的，而且似乎沒看這神武大將，化解這些召喚出來的黑影啊！」

「應該不是不想化解，而是不必要吧。」

「怎說？」

「因為那不是召喚，而是用魔素形成的，這種技能出現在一種很特殊的職業——策魂師，非常非常少見，沒想到聖王竟是。」

「那這位神武大將的六脈貞魔指，應該是別樹一格了，與技能系統又是不同。」

「本來就不同，那是修煉經藏所得來的道能轉化法，不過其實也是技能的一種，但在研究上，是直接把他分為不同體系的，這種對應所練功法的不同，會有更多的形式變化，你要真瞭解了，很容易沉迷其中的。」

這二位的對話來自於海外，是「混沌修道士」組織，對於各種職業技能，研究甚深，這次來也是為了蒐集神技資訊的。

劉洪對這無形鎖鏈甚不耐煩，索性換了招式，一聲叱喝，金光大盛，身上骨節作響，雙拳舞動，不理無形鎖鏈，直接近身揮向了玄清面門。

「啊，這應是橫山百煉骨，相傳來自於貞魔無上刑功之血祭無雙，這功法的修煉過程有些殘忍，極少數做這種修煉，倒是讓我沒想到，這神武大將出自福天閣，竟也練有這等邪功。」

「這橫山百煉骨很強嗎？」

「顧名思義啊，這能極度強化肉體，有點類似明王金剛罩，不怕各種外力強擊，算是最強的護身功法之一，而且，這功法配合拳術，每一拳的勁力、威能都是恐怖。」

玄清在這對戰過程，不時施展各種弱化對手之技能，這些技能無形中慢慢累積，會讓對手不自覺地弱化，此時見劉洪已現不耐，應是「靈噬」開始發揮了作用，但對方這拳勁，可還是硬接不得。

忽然這時，隱約的鐘聲漸漸響徹天際，玄清震懾大喝，身上金光迸現，竟然一分為二，左邊九蛇鬼面修羅，持魔斬，威猛迅捷，招招式式，開天裂地；右側不動金剛護法，持寶珠，梵唱清誦，幽音陣陣，策魂噬靈。

這讓劉洪有些措手不及，一時落於下風，這種感覺，很熟悉啊！「沒想到你這小子，竟練有道體真身，以你這年紀，應該不可能，除非……哈哈，我懂了，你竟然就是他，哈哈哈哈！真不是冤家不聚頭啊！

你這九蛇修羅，除了玲瓏欲界之九幽智星外，也沒別人了，今日你少了水火雙龍相助，正好讓爺收拾你，你讓我丟了數千年道行的前世恩怨，就趁今日一起算算吧！」

說罷，劉洪同樣化形真身「鬥體──屠黎」，巨大身影金光，周圍真火護形，宛若小山一座，龍頭四臂，好不威武。

「這道體真身之實力已無關藉體境界，算是純粹魂靈之爭，但有持久性的差別，聖王藉體境界較弱，這方面多半是要吃虧了。」

「那的確是，但這九蛇修羅，名氣很大嗎？為何我沒聽說過？」

「應該是別個世界的，你沒聽神武大將講了玲瓏欲界嗎？」

「這樣看來，聖王來歷本來就是不凡囉！」

「這是當然，你知道為何稱為聖王嗎？那可是天選之十王，沒有來歷，造化怎可能讓他承擔這種天命？」

從一開始，菲菲他們提著的一顆心，始終就沒放下來，一直到玄清用出道體真身，才讓他們稍微寬心了些。

眾人看這三具真身的打鬥，簡直是讓人眼花撩亂，每一招每一式，皆快得讓人跟不上節奏，一會後，屠黎呈現敗象，兩雙手臂已被九蛇石化，正要看修羅追擊，沒想到這時玄清化去了真身，一道道墨綠色的幽光，如水中漣漪，迅速將兩人覆蓋於領域，這是玄清的最後絕招「煉體降魔陣」。

劉洪本來失利，幸好遇上玄清真身限制，實是僥倖，遂不再留手，化去真身後，祭起「魑魂幻形領域」，這幻形領域之紅光與墨綠幽光相連重疊，形成了雙重之領域，雙方進入了下一階段之戰鬥。

「這聖王也真了不起，能與神武大將這等境界纏鬥至今，不過他都沒使用斬雄刀的威能，代表他一定還有後手。」

「還有看這神武大將這等領域，難怪在這帝國裡能稱無敵，若是放在我國裡，除了那些老傢伙外，門內恐怕也沒幾個接得了這招的。這領域最恐怖的，就是喚起對手最深沉的恐懼，而容易沉溺於幻境，最後承受不住，自我了斷。」

「那聖王的領域呢？」

「這我可不知了，今天來這觀摩，收穫可真是不少，回去後一定可以好好請功的，呵呵！」

玄清在獲得斬雄刀之後，增加了「裂空」這技能，可以劃破空間障壁進入其他世界，這是以防萬一，作為逃命的最後手段。

玄清其實很明白，他是不可能打敗神武大將的，配合決戰，除了要救常昊之外，也順便體會一下他的實力，另一方面不使用斬雄刀，也可以令對方有所顧忌，這神武大將一直沒下殺手，應該就是這理由了。

所以特地放了風聲，盡量讓更多人知道這場決戰，藉此營造無敵雖是無敵，但聖王卻能在絕不可能的條件下安全遁逃，由此獲得更多名聲，也讓世人直接將聖王與無敵連結，甚至劃上等號，這對於未來號召群眾以及震懾內部游離勢力，有著極大的效用與意義。

在這雙重領域影響下，因劉洪壓制了玄清境界，導致劉洪領域生效快速，玄清恍如墮入夢境，一種極深沉的痛，又從內心深處，蔓延了開來，他彷彿看到那雙哭出血的雙眼，看到了那頹廢不振的自己，看到那不見希望的未來，這種夢境，一片片的段落，慢慢組合成他的夢魘。

「哼，沒想到你這領域，竟是這等邪門，這是造物不公平啊，你上輩子靠著吞噬了愛你的人而變強，這輩子又靠這種天予手段，哈哈哈哈！我這前世與今世，兩次敗你手上，都是因為有人照顧你啊！」

「上輩子你沒有狠心吞噬了菲菲，你能贏我嗎？」

「真是殘忍啊，連陪伴你幾千年的夥伴，也下得了手。」

「九幽智星是笑話吧，連一生摯愛，也保護不了。」

「惡界失利，道門損傷慘重，不就是那個智星造成的？」

「沒見過這麼自以為是的，還以為他是誰？活該啊！」

「這種廢物，就該一生孤獨！」

玄清在這幻境中，漸漸失去理智，一聲吶喊：

「別說了……菲菲，我對不起妳，我這就去陪妳……」

此時眾人皆見到，玄清執起了斬雄刀，正要往自己脖子上抹去，常昊、陳桐、紫鳶、吾良、呂能等大驚失色，菲菲更是痛哭失聲，暈了過去，就在眾人驚呼聲中，斬雄刀自行劃開空間障壁，帶著玄清，離遁至恐龍世界去了。

這一幕，大出眾人意料，神武大將眼見一切計畫即將功成之際，卻又因這斬雄刀而失利，氣得不再壓抑自身修為，一股沛然道氣，直接沖破了這競技場中的多層結界防禦，這一招，讓大家重新認識了無敵這名號，神武大將實力果真恐怖，這聖王竟能在他眼下逃離不死，未來能與這神武大將抗衡的，看來也只有聖王了。

這雙雄決戰落幕，結果不在眾人想像之中，卻是完全符合了玄清的預測與算計，這一戰可以說是……完美。

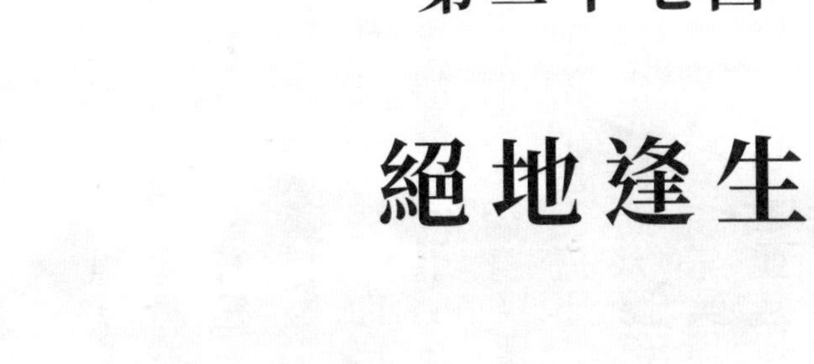

第二十七回

絕地逢生

引誘聖王自裁，令其自毀天命，藉此扭轉天意，以替代聖王之大計，已然完全化為烏有，神武大將這多年之隱忍籌謀，盡毀於這一朝。

這叫他神智癲狂，肆意暴怒，立於朝堂時，仍舊憤恨不已，整個王室宮殿隨著震動，搖搖欲墜，國王費章正想擺架子教訓，被他一爪抓破了腦袋。「哼！你這昏君早該死了，這下你已無用處，本座還留你做甚？」

目前情勢已變，神武與聖王只能存在一個，也不管聖王氣數了，打入死地，仍是叫他永不翻身，看你天意又能如何扶持造作？尋思既定，神武大將即刻調兵十萬，並策動聖王底下之暗棋，要在第一時間內，迅速取代一切所有聖王勢力。

這帝國神武大將帶領十萬大軍入侵之情報，一早瀰漫了整個聖王國度，此時玄清不在，眾人由常昊與眾天王共同代理決策，根據鬼谷部門建議，面對這強勢的神武大軍，聖王軍並無還手之力，更兼各處報來反叛軍之策動，所以目前只能著眼在西城這易守難攻之地，計畫以保留聖王實力為主，而將確定忠誠之精英部隊，由冰原遺跡來往西城之隱密通道調往西城，其餘不確定者將留下以爭取時間。

這式斷尾求生之計，顯然是當下最適合的選擇，然而不知為何，卻在常昊們定案後完整不漏地，迅速而同步地傳到神武大將耳中。

神武大將首先分兵五萬取西城，直接截斷常昊們之計劃，更循著這秘密通道奇襲反攻，即兵分兩路，另一路由瑯琊城前進，直破雪狼城。

聖王部隊遭逢神武大軍圍剿之時，在兩面夾攻並敵我難分的情況下，包含多數戰將甚至鬥王級之將領，帶領著本部軍力，集體投降於帝國，導致聖王軍中忠誠之士死傷極為慘重，常昊與其餘天王只好帶領殘部，保護著一概文臣，往東邊星玥湖區域撤離，以絕地冰龍之不可侵犯領域，星玥湖區域將是唯一令聖王軍安歇之處。

因絕地冰龍遵循北地之議，除星玥湖為領域外，其餘地區戰亂絕不妄加干涉，故只能旁觀這聖王軍之潰敗，但至少能在她領域下，維持聖王軍之一線生機，所以她早早交代了菲菲，要她們危急時，必定要想盡辦法往星玥湖撤離。

常昊一行奮力突圍，時刻拼命，屢步驚險，日行跨越百里，終於來到了絕地冰龍之保護領域，暫時止住了神武大軍的追擊。

事後常昊清點殘部，原本超越七萬之聖王軍力，僅僅只剩三千軍力不到，而重要之將領與天王，除吾良、呂能外，僅有薛惡虎忠誠跟隨，其餘一眾都早已投降於神武麾下，而鬼谷之麗娜也同樣不知所蹤，至於朝中文臣支柱，僅尚有方吉、小鬼軍師與程三益。

因為神武大將剿滅聖王勢力之決策，故在此大難之際，猶願意跟隨至此的，自然是真正致心於聖王的忠誠之士，從好的一面設想，至少敵我已分明，聖王內部之細作與暗流，由此已能完全斷除。

得失總是一體之兩面，吉凶亦在執心之思辨，人生道路之體驗，大致得先明白此，方能實際踏上真正的創業之路，若以失而喪志，或以凶而亡勢，則受敗地必傾頹不振，從此未來即亡，不能期待，若不以失為失，而能更論其得，不以凶致凶，而能知循其端，則縱使連翻遇劫，只要此心未亡，終有重新雄揚振起之一天。

玄清聖王之勢，由崛起之機起，迅速發展，乃至連奪帝國北地之大半，不過半載，可謂極其勢旺，然迅速崩落，復還原型，也僅過五年之期，此為易道五數之成變，正屬於天道之制義，其因果既存，無人可為擅改，終必成這番結局。

眾人暫時於星玥湖安營置寨，人人沮喪徬徨，盡如喪家之犬，對於未來，實不知何去何從，正在此時……

勢極必衰。力亢為變。
剝復明道。致死還生。

一道溫暖明亮之光暈，伴隨著清朗的詩句，緩緩由星玥湖中現身而來。

勢極則必衰，力亢則逢變，之前聖王勢力擴張過速，根底皆難穩固，故必讓小人乘勢而蠱壞國勢，如今正行剝復之道，反為死地求生之理，由此新生，才能在未來造就輝煌，前面皆只是考驗，後面才是真正的行運造作。

北域三尊之賢者吳道一，引用造化之道即易象之所言，來與大家說明這一切的始終因果，與建議大家未來可行之方向，並正式加入聖王之軍。

依吳道一規劃，先東取孤立之東興城為基地，然後循機拿下關中，於關中佈下守護大陣，以防神武大將威能，如此其餘北地三城，即成聖王囊中之物，屆時穩固北地基業，在循機乘勢以奪南域，是為初步必行之大計。

這賢者即時的鼓勵與分析，無異於一劑強心振作之力，原本傾頹之心，又再次奮起。

更在此時，十年來不見蹤跡之常叔，帶來了極好的消息，三位實力可靠，臨聖尊僅一步之階，各已達門王頂峰之「玄域三尊」，如今已伴隨他來到北地加入我方聖王軍。

這玄域三尊，聲名響徹聖菲爾王國，第一位為六翼神使之天神「陳元」，第二位為羽族之飛鷹「侯太乙」，第三位則是魔王屬隱族之黑影「徐蓋」，這三位比之神武大將，並無不及，且各有其專屬特長，若遭逢神武大將，可為絕對之制衡。

另外原帝國無雙侯霍之元，也終於在吳道一的協助下完全康復，這讓聖王軍又多了一位極有力之幫手，在連番戰敗後所出現的這些喜訊中，有一項是大出眾人的意外，就是北地逍遙門已成我方聖王勢力。

此北地逍遙門近數年以來，如同銷聲匿跡，主因門主與其他聖尊，早已棄置此處基業，遷往國外，而由門內僅存之長老維持著運作，其中又以刑獄部門的追魂使為總掌管，這位就是之前到雪狼城追緝呂能的那一位，他因之前玄清竟能輕易解除其鎖靈之法而心生疑懼，在徹底調查理解後，選擇了歸順聖王。

這些過程，完全由賢者吳道一運作而最終成定。

由此在絕地冰龍領域保護之下，眾人滿懷信心期待，於星玥湖區域，以原本新建村鎮「日月光」為中心，建立了聖王軍之臨時基地。

始魔自從莫名其妙地被吸入這世界後，這邊各種奇異景象，都與原本世界有著非常「巨大」的差異，這讓原本就容易好奇的他，如同到了他的天堂樂園，真正讓他樂不思蜀，天天玩得不亦樂乎。

這一天，他遠遠地察覺到一處空間裂縫開啟，急忙一探究竟，發現了昏迷的玄清與斬雄刀，遂質問斬雄刀怎沒保護好主人，兩人語氣各自不善，竟直接在那邊打了起來，兩人這一架，也不先問玄清安危，一直打到玄清醒來，叫住了他們才停止。

據始魔所說，這一處很像冰原遺跡深層第一區域，各種動植物都異常巨大，而且出現極多稱之為龍的種族，因為來此處不久，還不能探知此處是什麼世界。

玄清聽完，因一心掛念聖王國內安危，無心在此處探索，又深怕那神武大將彭機揮軍入侵，正急著尋找回去之路，這魔斬則輕鬆回道：「主人只要再用裂空技能就行，萬一劈開的連結世界不對，就多劈幾次，總能回到原來世界的。」

這麼便利又逆天的裂空技能，實在只能稱呼為神技啊！

第二十八回

雙城

古稱帝國咽喉之關中城，形如葫蘆之腰環，有「擎天第一關」之稱，其兩旁山脈地勢險峻，氣勢登天，是連接南北兩域的重要關口，只要佔據此關中，就能截斷南北之交通，算是帝國極為重要之命脈樞紐，更可說是北方雪狼城帝座，臨觀天下之守護神關。

在神武大軍清除聖王絕多數勢力，將聖王殘存部眾驅逐於星玥湖之後，認為聖王之氣運既不能為己所用，索性將之毀滅，以防這聖王東山再起，於是竟迷信風水之說，將他以為的帝座風水破壞殆盡。

認為此舉將使聖王不再有翻身之日，雖仍有一小部分聚集於冰龍領域，也絲毫不放在眼裡了。「就讓他們自生自滅吧！剩那些少許軍力，還能幹啥？若存糧沒了，早晚也將他們餓死。」

既然已毀帝座，神武大將自然仍以原來之王都為中心，將大部分軍力遷往南域，僅留五千兵力守護這極重要的關中位置，其餘都城，除瑯琊大城佈置了五千軍力外，餘下三處皆僅留下三千兵馬。

這東興城鄰接廣大的印星海，背靠著臥龍山脈，這山脈直達關中，將東興城與外界隔了起來，於都城往東南方距離十里處之沿岸，再往印星海延伸五里左右之海面下，有一處遠古的海底城遺跡，這遺跡雖暫時因難以開發而如雞肋，但實際上也可算是充滿希望，而此都城近北之地，間隔了一處忘魂峽谷，可通往星玥湖區域，然此山路凶險異常，魔物猛獸遍佈，荒廢已久，基本上絕無人跡。

在這獨特的地理位置，東興城比之於帝國北地其他都城，已形如孤立，但同時也獨享了海底城遺跡與這東海之廣大資源。

這城主與統領，據聞皆懦弱膽小，本為王室宗親，派駐此處純屬酬庸性質，這神武大將廢了國王，自己掌實權後，並沒將他們撤換，主要還是瞧不起這區地理的緣故。

畢竟這如同與世隔絕之地，並無可觀資源，也非用兵之處，真讓敵軍攻佔了，也只能成為一座孤城，生死仍在他的掌握，最可惜的算是海底城遺跡而已，但是那遺跡自從被發現以來，就早證明無法開採，所以實際也算是沒大用處了。

這玄清施展「裂空」多次，終於回到了帝國北地這世界，且直接到了這東興城海底城遺跡入口之傳送陣處。

玄清藉傳送陣到了東興城鎮中心，在一番探聽之下，得知聖王軍潰敗，聖王不知下落，所有城池復還帝國，只有極少數聖王舊部退回了星玥湖之冰龍領域，在擔心著大夥安危，急切想見面的心情下，玄清毫不猶豫地選擇了忘魂峽谷這條古通道，直接回返這星玥湖。

蒼鬱落雲無遐邇。惡山劣石阻客松。
若聞難徑登天道。此處更似地獄椿。

玄清帶著斬雄刀與始魔，一路翻越這叢山峻嶺，沿途只是昏暗陰鬱，沼氣害厲密佈，好不容易終於進入了忘魂峽谷，更是一處長年不見天日之大地，在行走多時之後，意外地見到一處幽隱的洞穴中，隱隱出現了淺綠色的微光。

玄清與始魔好奇地過去查看：「主人，藉著靈魂感知，裡面有隻魔物，應該很強，剛好能對上我的胃口，如果屬下打不贏，再麻煩主人接手。」

「別冒險，我們一起上吧，我也想會會這魔物，順便看看有無機會把它收服。」

兩人貼近一看，洞穴中一雙綠得發亮之魔眼，早警覺地盯著玄清二人，倒不像要出來廝殺，只聽燜聲龍吼，欲嚇退玄清二人。

玄清與始魔見此魔物沒有主動，竟直接發起了突襲。

魔物嚇了一跳說道：

「喂，這是我家啊，沒來由地打什麼啊！我都已經事先警告了，還這樣侵門踏戶，若要進來也禮貌些，哪有人這麼野蠻啊！」

「來跟我打上一架再說，看看誰贏。」

「我不喜歡打架，再說，看你那模樣，我肯定打不贏你，不如大家做個朋友如何？不是有人說，這個『有朋自遠方來，不亦悅乎』嗎？」

「不要，我就想跟你打一架。」

「喂，你還玩啊，這龍我斬雄刀都沒把握了，你打不贏的。」

「我不信，沒試過怎麼知道。」

「喂，你這人怎麼這樣啊，聽聽你夥伴的意見不好嗎？」

玄清看這魔物兩手極短，兩腳又極粗壯，還帶了一條大尾巴，雖然說話像小孩似的，一張嘴卻是大得嚇人，而且滿口森牙利齒，這外型與靈魂真是讓人有點兜不上，遂好奇地問：

「你是誰啊，怎麼獨自一人在這？」

「我啊……我也不知道，自從醒來就在這了，還有我不是一個，你看我身旁，他可是我的夥伴喔！雖然他很自閉，不怎麼喜歡說話。」

「喔，那位是你夥伴，你們是怎麼認識的？」

「它啊，它可是我在這邊挖出來的，費了我好久的功夫呢！本來那時只看到一丁點，一直挖到我都已經大上一圈了，才真正把它挖了出來。」

玄清覺得這魔物極有趣，遂與他聊了好一會。

「可惜，我們還要趕路，有機會再來找你。」

「啊，你們這就要走了啊？」

始魔趁機說服他，要他與玄清一起走，以後好玩的事多了，勝過在這邊自己玩耍。

就這樣玄清意外地收服了這種族為暴龍的魔物，稱他為「黑童」，又得到了一件極強韌的武裝道器，早已衍生器靈，玄清將她取名為「綠圓」。

「還沒見過有不會飛的龍，以為後面路程輕鬆了說。」

「有啊，我不就是。」

「我看了一下修聆訊息，他應該叫作暴龍。」

「他這種我在那個世界時，常看到，雙手極短，很有特色。」

「我的手是短，但對於抓東西的力氣還是有點自信的，你們知道嗎？我那個家啊，就是我挖出來的喔！那綠圓本來就是藏在裡邊的。」

輾轉間，玄清一行走過了這忘魂峽谷，回到這星玥湖。

一聽到玄清回來的消息，菲菲立馬飛奔了過來，抱著玄清，久久不肯放手。

大家看了玄清與始魔安全歸來，還帶了兩位童子，一位通體全黑，一位遍體皆綠，經玄清一番介紹，眾人皆大喜過望。後來玄清了解了整個來龍去脈，也與常叔、賢者吳道一及新成員皆會面後，雖嘆息著這世事無常與人心難測，然既知所有前因後果，自當應該迅速地振作起來，遂針對賢者吳道一的建議，開始計劃付之行動。

說起東興城，玄清恰好從忘魂峽谷這山路過來，已能確定這一條便捷的通道，可以直接通往東興城，於是計畫底定，大軍直接開往東興，先將此地佔下來再說，而經由始魔建議，運用之前取西城之相同方式，面對這怕死的城主與統領，最能生效，於是由始魔先飛過去進行。

大軍一路沿著這峽谷便道前進，歷經兩日一夜後，到達了東興城，卻見始魔已帶領了城主、統領，並三千守軍之諸位將軍，一起迎接等候聖王之軍隊了。

「這始魔之辦事效率，總是會讓人驚喜。」玄清開始慢慢習慣地說上了這句話。

這一天，關中城內大亂，天空烏雲密布之下，降下了無數的天兵天將。

城主驚愕，以為天譴。

守軍統領，不曾防備。

任由這群兵將肆意於城中，終於在這群兵將斬殺了二千餘名軍士後，城主統領，帶著剩餘三千軍士，全體俯伏投降了這天降之聖王奇兵。

第二十九回

大義清朝

帝國北區第一大城，居於這廣大疆域的正中心，帝國雖然腐敗，但這城市依舊繁榮，常駐兵力本在一萬左右，受限於皇室的命令，只在此城中進行駐紮保護此城而已，統領是位凌雲中將，稱名——姚金秀，實力鬥王等階，固執好酒，只聽皇室命令，其餘一概不管。

所以在雪狼城當年遇小鬼聖王襲擊，也沒見他出手，西城早就屬於治外之地，也沒見他干涉維護，更不論小村鎮這些年來所遇到之魔物襲擊，都不見他有任何關心。

雖說性格如此，但旗下十位大將，各個卻是對他忠心耿耿，而且武藝高強，其中有二位同屬鬥王等階，精通佈陣術法，實力不可小覷。

瑯琊城有這部隊駐守，成為北地人民爭相前往的庇護之處，所以難民不少，後來聖王於雪狼城出現，才漸漸減輕這狀況，這也是聖王那裡，傳說非常歡迎難民前往定居之故，不只提供住宿衣食，更視個人專才，進一步安排工作勞務。

而瑯琊城主，則是一名文官出生，名叫「寧三益」，對待人民，禮仁體恤，對於政事，有條不紊，算是帝國內難得一見的好官，雖見魔物肆虐問題，但兵權不在手上，也只能作罷，這些年來屢次上書朝廷正視難民問題，早被皇帝列入黑名單，要不是他深受百姓愛戴，能夠穩定民心，可能早就被撤換了吧。

然而這些原本情況，在神武大將殺了國王費章，實際掌權之後改變了，那位中將，不僅遭到了撤換，還與他那十位部屬兄弟，都成了階下囚，關押於瑯琊城中，而在神武大將統一北地之後，也將此都城的駐守兵力，由最初萬員調降至五千名。

這一日，寧三益拿著一封信，看了又看，反覆思量了好久，這正是玄清給他的招降信，透過常昊，直接送給他的。

寧城主閣下：

素聞汝心慈善，數年經業，孜孜不倦，愛民勤政，物與同心，乃知閣下可敬，而不忍為害也。

昔聖王北地，善名稱著，一體難民，與汝同心，數年不刑北地，兢兢業業為民謀利，如此愛民之聖君，乃反遭神武噬奪，其為之惡，天理難容，更兼跋扈專是，不問忠誠，以下欺上，執死君王。

更於魔物肆虐，盜寇橫行之期，迎合昏君之無道，棄遺子民，獨享其悅，興風作浪，為虎作倀，當時汝心誠願，多次上表，無一理會，更絕善言，似此鴟鸞之類，

其心唯己，不能為民謀福，是當捨棄，以循善良。

今聖王再舉義旗正業，關中之地已為正義之守護，北地諸城，盡已形孤，望君守護子民為念，勿予民眾多戰苦，來日聖王軍將即，勸君有思乘行。

依照情報判斷，若城主寧三益願降，我軍只要掌握領軍統領，可以不戰而屈人之兵，一舉拿下瑯琊城。因目前統領是神武大將心腹，在這短短時日，不可能得到原守軍之心，在這情況下，瑯琊城之將士們並沒有堅決抵抗我軍的理由。

此事為求速決，故讓寧三益不暇多想，以盡快做下決定，玄清將大部分軍力留置關中，請天神「陳元」代理護守，招集首要眾將帶了五百軍士，於勸降書送出後，當日星夜即偷襲於瑯琊城。

玄清於常昊之帶領下，先與城主直接會面了，這寧三益看見聖王不辭危險深入敵陣，只為詢問他一個答案，亦無勉強，亦無造作，言辭懇切，真誠動心，遂生了投降歸附之念。

「劣者亦素知聖王，既逢聖王親臨眷顧，今為全城百姓著想，豈有不奉命之理，既如此，且帶聖王前往救出原統領姚金秀，他必可指揮原部屬，或許讓彼此免下爭戰，兵無血刃，一體歸順於聖王。」

另一方面，黑影「徐蓋」，制住了神武心腹這守城統領，將之拘束於自己特有技能「黑暗牢獄」之中。

瑯琊城眾守軍，在見不著統領指揮，又有原統領之開導勸降下，紛紛選擇歸順於聖王。玄清由此得姚金秀等大將，且更增五千精銳，此瑯琊城勸降之役，在天時地利與人和這三才俱全之下，達到非常快速圓滿之結果。

瑯琊城既已取得，欲再趁勢拿下雪狼城與西城，自然是不費吹灰之力的，玄清派了徐蓋與始魔，分別前往了雪狼城與西城勸降。

在神武大軍驅逐聖王軍統領全北地之後，短短不到一個月之間，這帝國北地又重新回到聖王之領域，而且包含了北地之星——瑯琊城，與擎天第一關——關中城

以及臨海孤立之東興城。

這可讓身處南域之神武大將劉洪悔青了肚腸，他萬萬沒想到，聖王這百足之蟲，竟能這麼快地重整氣勢，而且更勝以往。他不是已將帝座毀了嗎？聖王怎能恢復得如此迅速？

這種種不解，也改變不了現實的結局，據他派人探查結果，目前關中城中，已駐守了一萬軍力，在那第一關之優秀地理條件下，想要破關，非得準備十倍兵力不可，更得知國外著名的玄域三尊可能已在聖王麾下，這下子要想再將聖王扳倒，恐怕又是不可能的了。

在整個大勢底定之後，玄清接受眾人建議，正名「大義清朝」於雪狼帝座，奉天勤業，宣立聖王，並公告於全世界，且將「十王御政，戰魔亂世」之神諭，作廣泛之申名。

從此十王御政之第一位聖王，終於述明出世。

於此同時，各地神諭紛立大政，造化賜此聖王名號，乃日「青龍至聖」，此名大傳於修聆世界，各地有志之士，紛紛嚮往踴躍集結，投入這青龍至聖之麾下。

三年之間，北域聖王之名，早大震於天下，其領域屬地五座都城，百餘座村鎮，景況發展大致如下：

瑯琊城：人口數已達十萬，熱鬧繁榮，與國外商業往來密切，真正成為了北地之星。

雪狼帝座都城：人口數也達十萬，為大義清朝之首都，在三年不斷之擴建下，已成為北地第一大都城，整體莊嚴肅立，為行政軍事與外交中心，不僅有多國使節進駐，且因鄰近冰原遺跡，這裡有著非常龐大之各國冒險軍團，已成為聖王招攬並培養人才之絕對要地。

西城：人口數來到五萬，因交通尚不便利，但出名在風景壯觀秀麗，以鳳凰山脈之獨特景觀，再加上鹿野平原所連結之恐龍世界，早已成為世界上最有名之觀光景區，其稅收可不輸於瑯琊這商業都城，是聖王領域之聚寶盆。

關中城：人口數近十萬，固定駐軍二萬，本是與帝國之邊防要地，是唯一有大軍進駐之都城，因為是北地之主要往來關卡，這裡的住宿業最是繁盛，而兩旁鳳凰山脈與臥龍山脈，玄清為了強化這關中城之守護，各立了百座以上的軍士專用修真洞府與崗哨，可以同時強化軍隊實力外，也能達到軍事防備之作用。

東興城：人口數近四萬，與西城發展模式相似，同以觀光為主要，是以臨海之各種遊憩設施為號召，因為印星海平靜無波之特色，打造成非常宜人之度假勝地，若海底城遺跡的開發有了進展，其未來應不下於瑯琊城之繁榮樣貌。

由此已知，大義清朝如今之總人口數已超越四十萬人之規模，在各種豐富的資源應用下，糧食充足，資金寬裕，人才眾多，軍力大增，相比之下，神武大將之帝國，已然衰頹，若非福天閣之扶持，恐怕早落入聖王之手。

其實玄清，一直惦記南域這帝國的另一半，畢竟出口被扼於關中，總是隱約令人難安，有隨時窒息之壓迫感。

終於在一次異變中，迎來了機會。

帝國傳來消息，神武大將劉洪神隱，目前由心腹掌朝，帝國內外，已全面呈現了動亂不安之象。

第三十回

福天造世

在這九鳳群山之巔，就屬中間這一地帶，常年煙雲飄緲，我們稱為「執鳳嘴」，是恍若天鳳噴出七彩仙霞之處，進入這雲霧裡。

視不著地，如登仙境。
目無雙形，惟觀一人。

這是進入此境域後，只能察覺自己，餘物除雲霓之外，什麼都看不見，似乎只有地面之天路能感受真實，這是一束束金剛鐵鍊所串成之霄漢天路，能幸運渡過之後，就會看見一道壯觀無比的天門矗立，兩旁巨型之雕龍，栩栩如生，端門上書寫著莊嚴肅穆的古文篆體——福地洞天四個大字。
踏入此天門後，又是一番景象。

婀娜鳥語，遍地馨香，奇花異卉，更酌芬芳。
窈窕仙鶴，舞墨淡妝，玉獸玲瓏，止觀妙端。

更有仙女翠娥，瑤琴清事，七彩扶新。
再見道顏童子，拾花提藥，三轉常青。

此見兩位仙人，正於松下舉棋博弈，一聲輕嘆，劃開了沉默。

「著那小子到凡間歷練，本有些期待，不知惹出這些事來。」

「你『擎天之博弈』這一局，算是徹底輸了，甘願些吧。」

「也只能如此，目前這麻煩已成氣候，要動他，只能再緩緩了。」

「仙不與天爭的，你明知這道理，還要動這心力。」

「呵呵，挑戰極限啊，不夠艱難，哪能提起我的興趣？」

「可別不小心，真動心了，就把自己也賭上去了。」

「嗯，掌門就要回來了吧。」

「有收到訊息了，應該這幾天吧。」

「那麼帝國這事，可以先做個了斷了。」

玄清收到暗影情報，帝國神武大將劉洪，忽然間引退閉關，目前由其心腹掌理朝政之事，帝國內反對神武大將的勢力，蠢蠢欲動，遍地蜂擁，正有山雨欲來之勢。

此時介入策反，或許是絕佳時機，但得防此情報作假，以及帝國背後福天閣之真正態度。於是玄清請黑影——徐蓋，幫忙確認此事之真偽，並著天神——陳元與飛鷹——侯太乙，協助探查福天閣勢力之動向。

由玄域三尊出馬，應該可以迅速得到這事情之真相。

「聖王可知福天閣之真實？」

「只知為帝國背後真正勢力，那神武大將即出自福天閣。」

「這世界上，有一個極端狂妄的組織，探究著終極造化之道，稱為『神滅』，其成員歷經千古，永生不滅，先人將他們稱之為『噬魔』，這是一群妄想與上天博弈之人，成員僅有十三位，號為『十三執魔』，這福天閣之掌門，就是其中之一。」

「賢者的意思，這福天閣如同開聆造物與印心神諭，能影響世界的局勢脈動，更是能將這世界看作弈棋一般，玩弄於股掌？」

玄清聽聞後有點震驚，續問著吳道一。

「那與之齊名的逍遙門呢？」

「逍遙門的神秘背景，說來與我出身相關，就是與此『神滅』對立的一方——道門，之前你身旁那隻仙狐，正屬於道門之『崑崙一脈』。」

玄清由此，大約可以擬出個大概，這些年來，時常感受到一股無形力量指引著未來，而我正是那個被掌控的棋子般。「原來如此，或許這是賢者要我自行體悟的真相。」

造物所造之虛擬世界，本來就由造物掌控這世界之發展，每個靈子所經歷的，恰恰是造物要他們學習成長的過程，成功失敗與否，從來不是重點，因本為虛擬，何能實際？真正造物所觀察的重點，僅在每個人的執心應對而已，若能由此徹悟，讓自己的智慧與心境獲得成長，那就是此生的最大收穫與意義了。

創仙誓系列所描述之荒原宇宙世界，不管是「玄明聖使傳」之玲瓏世界，還是「玄清降魔鎮聆」之修聆世界，都是由十七天外造物主所創造之虛擬宇宙，皆由造物七聖使掌控這世界之發展，即如天劫害厲之類，更是造物主之安排，以觀靈子應對之考證。

這相對於我們地球這世界，同為造物主所創，同為虛擬之宇宙，由這樣進一步了解我們這人間絕對真相，大家也就能相當明瞭了。

經由福天閣聖尊之意：

「神武大將劉洪，高傲自是，令人失望，導致聖王水火聖結，勢力即成，著即日起回福地洞天閉關修煉。」

「那帝國之事？」

「暫且由聖王去了，十王御政之事，本門自會再派人進行此任務。另外十年之內，福地洞天將暫時封印，一切對外之事，皆由那人處理。」

如棋世事。陰陽慧藏。
悅我鳳雛。擎天策行。

這又是另一位，職業「陰陽師」，外號「鳳雛」，是福天閣傾全力培養之入世棋星。這個神秘人物，沒有人知道他的底細與模樣，更是沒人知曉他的存在，或許他將是玄清這階段，最為難纏且強悍之敵人。

第三十一回

大勢底定

大義清朝第五年，聖王實質上統一了原帝國之屬地，囊括了南域王都「鳳凰城」與東方「青龍城」及西邊「白虎城」，還有南邊之「臨海城」，總人口數已來到百萬之眾，全國實際部屬軍力則總計十萬，在修聆世界各國之中，算是最小規模之國度。

在這個時機點上，由易數造化之理，又是大義清朝即將產生變化的一年。

從帝國所得到的特殊技術——技能創造，是前國王費章用盡心力所得到的成果，在尚未完全有效實現於成軍之時，已讓聖王接手了這部分的研究與試驗，其中最有突破性的，就是屬於技能之融合與技能之分享了。

由此大幅度提高了獨特軍種的實力強度與專業性，因此依據了軍事上之需要，玄清將軍隊劃分為地面、海內、天空與魔法、輔助五大分類軍種。這五大分類，再依技能之特質與適性，區分為五項小分類，由此建立了大義清朝於未來最出名之二十五支特種部隊。

造化嫡傳永世宗。相輔乾坤應咸東。
道門一脈明心易。水火修真問其中。

這七言四句，指的是道門之來歷，實際上就是造物主派任於造化世界之代表，算是能夠與造物主作為資訊流通的組織，所以在世界上以傳遞、輔助、施佈天意為主要任務，而在這些任務過程中之諸多挑戰，則視為門人之修真功課。

所以道門，可說遍佈於這世界各角落，但沒有一個明顯或者知名的總部，通常來說，道門之人會各自形成獨立組織，而為所謂之道門分脈，比如吳道一之光明聖護，原北地之逍遙門，或如仙狐之崑崙一脈。

而以領導者而言，亦無實質上之統籌，而是由造物指定派任之聖使，來共同商議決策，這些決議重點，通常都是用來應對造物天劫或者教化傳遞世界真相，與引導靈子修真之方式。

這就是道門，濟世為公，易心修真，與所謂的神滅組織大不相同，因神滅以推翻造物之天意為主要目標，所以自然地與道門站上了對立面。

但以目前修聆世界之情狀而言，道門之整體實力，已略遜於神滅這組織，而且差距持續擴大之中，這理由要說，也是造物主刻意之作為，因為唯有艱困之環境，才能真正讓人進化成長，這一向是造物最穩固的培育靈子信念。

道門之聖尊，多數即是造物之聖使，必秉持著天意入世，而無妄為，這與神滅那十三位執魔，有著完全不同的限制。

因此在這些執魔肆意之下，很多世界上之善惡平衡，就逐漸地被打破了，最終將造成戰禍毀滅、生靈塗炭、魔戕害厲，萬物不興的局面，這就是造化天劫，也就是「十王御政，戰魔亂世」之意，戰魔滅世，十王再造，造物由此反覆於世界形成磨練，來達到培育靈子進化，而究竟讓其自悟之目的。

自悟以成覺醒，是靈子進化之唯一方法，無端戰禍之環境雖是殘忍，但是最能令靈子體驗自悟。

是言不仁

但為至德

晴朗的天日，忽然間烏雲密布，悶雷陣陣，暗流匯聚，電光閃動，在一道道雷聲霹靂之後，星玥湖內的恆凍冰層逐漸崩裂，整個湖底呈現了不安與躁動，緊接著一聲龍吼呼嘯而出，一道長龍型之黑墨色身影，向著天際迅速遁去。這是千年前鎮壓封印的熾煉魔龍，終於突破禁制，這比之前約定之期，足足提早了三百年。

絕地冰龍感知了這宿敵，在確認去向之後，她緊跟著這黑墨龍影，直奔鹿野平原，進入恐龍世界去了。

這消息，很快傳到了玄清這兒，他聽聞這魔龍之事，雖是已近二十年前之往事，但冰龍當時所言之情景，猶如歷歷在目，依照玄清衡算，冰龍此去必將凶多吉少，因為之前冰龍她險勝的對象，只不過是這魔龍的一尾分身而已，如今若是在恐龍世界遇到正主，那情勢可就完全不同了。

在仔細思量過後，玄清找來了黑童、綠圓、魔斬與始魔以及玄域三尊，進入恐龍世界伺機協助絕地冰龍。

這事安排底定之後，又尋思應於恐龍世界裡建構一個永久據點，這以他多年來的觀察，程三益最適合此任務，遂賦予他一旅軍力協助，以能盡快地完成，這據點若能立定，非常有助於恐龍世界之開拓與發展。

玄清隱約覺得，這恐龍世界並非與他不同世界，而是在這相同世界裡，位於非常隱密的某一角落，若能藉由築城與開拓，而得到恐龍世界與外地真實相連結之通路，那大義清朝的勢力，將得到另一端層面的發展，這層面或者將可成為玄清最令世界意外的隱藏勢力。

在這世界中，任何公開透明的，皆不再具有實質威脅，只有潛藏於暗處，且不為人所知的，方可稱之為重要實力了。

因應未來之挑戰，玄清更加著眼於這方面的發展，而這股稱名為「無影軍團」之絕對勢力，玄清即交由吳道一與常叔專責，目標是建立起五大類特種軍團，而以玄清之直覺認定，對於發掘恐龍世界聯外之通道，早深具信心，故直接將這無影軍團總部，設立在恐龍世界所建設之長久據點了。

第三十二回

御魂神鑄賒刀人

於臥龍山之忘魂峽谷，有一隱世之穿山族群，名為有熊——執星。

這是歷代都以研究造作武裝道器的神秘種族，他們的居所，皆隱密在山坳洞穴之內，其實在黑童洞穴所在之處，正是這執星所處的範圍，只是盡在山中，若是尋得入口，進入這執星所在，將會看到一整座輝煌之地下城市，裡面熙熙攘攘，熱熱鬧鬧，來自於世界各地之穿山族，皆於此處做著各式武裝道器之交易，與外界之世間，是截然不同的兩個世界。

這是神鑄之傳說，知道的人甚少，聽聞的大都以神話看待，其實能以神話傳出來，大都是因為「神鑄即鑄靈」這事。

這是相傳此執星所造之各式道器，皆運鑄靈之術，而在因緣成熟之際，自然形成器靈，這本來屬於造化之大道，並非無中生有，即如玄清之「綠圓」也就是由此而來。

產生器靈者，自然皆稱為神器，擁有各種不凡之技能，以綠圓來說，他可是生命之光的極度強化版，能讓裝備者之命體數值，幾乎在受損傷之下即刻回復完全，除此外，其防禦能力與其強度，皆是神級之流。

而鼎鼎大名之斬雄刀，則是出自另一族之手，是與執星齊名之「神匠」一族，但這族神出鬼沒，從來僅只聞其名，比較特異的，他們都是在天劫發生之前，隨機出現在各大大小小的都城街市，而且，他們手持之道器並不做販賣，只寄送給有緣人保管，通常接受寄送的，都會得到一句讖語，如同預言，又如同警示，總之讓人莫名奇妙，但他們所寄送的道器，則皆非凡品。

江湖上給他們這種怪異行徑一個稱號「賒刀人」，長久以往，這賒刀人變成了天劫來臨前之預兆，很多人言之鑿鑿，他們所做的讖語，精準度百分百，但這是不是巧合，總之是見仁見智了。

大義清朝四面環海，屬於群山圍繞之小型島嶼，其形似葫蘆，居於幾個大陸板塊中間，北方為聖亞羅大地，是聖菲爾王國的所在，東方為古荒原，鄰接印地安王國，西邊則是崑崙方域，相鄰大漢帝國，南邊為十方戰洲，與大義清朝接近的，是為天楚王朝與西秦帝國。

在這些周圍國度中，以大漢帝國實力最強盛，幾乎統治了整個崑崙方域，而北方聖菲爾王國與大義清朝最為友好，實力與大清差不多，另外印地安王國長期受飢荒之禍，國力較衰微，至於南邊屬於戰洲之兩國，本算是好戰份子，之前與匈奴帝國是為盟邦，如今帝國被大清取代，故與大清維持著敵對的觀望態度。

玄清曾多次派出使節與周圍各國釋出善意，但唯有聖菲爾相應理會，並派了使節團往來，其餘各國則皆置之不理，這自然是因為自身實力不夠堅強之故。「國與國之間，唯有實力，不存信義。」這是吳道一經常告誡玄清的一句話。

玄清取代帝國南域這兩年不到的時間裡，其實在南邊的天楚與西秦已多番挑釁大清，玄清皆以大事化小的態度與以容忍，畢竟這兩國之任一國實力，皆非此時之大清所能比擬抗衡。

在多番隱忍之下，衝突漸漸升高了起來，自然也累積了不少民怨，玄清心中雖欲徹底解決，奈何國力未足，不敢擅動。但是對方可沒打算讓玄清準備好，兩國見大清示弱，早生起了瓜分大清領地的想法。

這要說，也是有人從中撥弄的緣故，這隱藏幕後之影子，正是道號鳳雛的那一位，在他的運作之下，於大義清朝第六年春季，天楚王朝與西秦帝國聯合出兵百萬，翻越南洋，直奔臨海城而來。

御魂是一種極為逆天的技能，等同造物之道，能否實際運用，關乎擁有者自心之體悟。

多年來，玄清強烈感受著大清實力之不足，但在以國勢增長必循眾業的條件下，是必要時間才能累積實成，這點著急也沒用，唯一有效的方向，還是在於自身能力的強化，所以一直以來，皆不斷苦心研究他這項技能，這是確定能迅速增進國力的一項重要關鍵。

御魂所創造的魔物，大體受到施術者等階的限制，以玄清為戰將之階，則僅能創造出士武實力之魔物，這運用於作戰，目前並不能算實際，因為能創造之數量有限，至少得達戰將級別，方有上戰場的意義，不然，就是能突破數量限制，而產生極大量。

這問題已困擾玄清許久，一來要提升等階，極為不易，加上他身負重任，本無法專心於修煉，所以一直難以突破至晉神，再則他所創造之魔物，雖能執行玄清的命令，但皆未能產生自我，且都在一段時間後又自行消散，回復為魔素道能之原形。

之後經由吳道一的建議，運用玄清特有技能真祖契約，或許得以突破，這一點，玄清幾乎是沒有想過，可能因他長久疑惑締結契約數量的問題，所以下意識地不思考契約方式的緣故吧。

於是玄清開始嘗試，以始魔為原形，實施御魂創造，再以真祖契約立定。

這次的試驗，果真獲得了成功，不僅各具自我意識，實力也提升到戰將等階，重點是這些契約眷屬，對玄清皆唯一忠誠，而且有著靈繫上的修煉互利及互益，也就是這些眷屬經驗的傳承，也將帶給玄清實力境界上的提升。

玄清在一番思慮之下，捨棄他對於契約數量上的疑惑，按著此法連續地創造，其中也有讓他特別驚喜的獨特強化之個體，他將這群初魔，交給了始魔統領，稱之為「幽魂眾」，是總數達百員之秘密特戰部隊。

大義清朝六年，聖王玄清將雪狼城改名為首都「帝座」，更紀元為「天下」，

是為天下紀元第一年。

文武將相組織，文有鬼谷，武有天王，暗影為探偵，行政以治民，研發造器稱為神鑄。鼓勵開墾、種植、遺跡尋寶、實力訓練、最特別的是進行魔物共存之規劃，這將大清國境內各魔物部落，全數納入國民行政體系，在實際上本為多種族融合之國度，更是漸漸形成互助互利、共同繁榮之新國度。

人口數超越百萬，作戰軍力，已近十五萬左右，因應敵軍百萬來襲，玄清派重兵十萬駐守於臨海，由吾良統領，薛惡虎與呂能為副將，請賢者吳道一為城主，常叔為副手。

這一戰，攸關大義清朝之發展與存亡，是為大清立國後之第一難關，玄清如何以十萬對上百萬大軍，而能立於不敗？

始魔所帶領之幽魂眾，是否能在此戰役中，迎合期待，發揮關鍵性作用呢？

技能融合創造，已然初步實現，在大清的積極研究下，所謂二十五支特種作戰部隊，又是如何揚名於天下之爭戰？

關於福天閣勢力所及與其動向，以及這玄清所未知，隱藏於背後之雙重影子，又即將帶給玄清什麼樣的困難危機與挑戰呢？

來自海外神秘的修士組織，同樣遍佈世界各國度，以研究發展技能為特色之組織，是否與道門有著同樣的目的？同樣都是在協助所謂的天命十王？

冰原遺跡深處長久一來無能開發，這是因為守門魔物太強之故，估計實力已達聖尊等階，這玄清計畫挑戰，以打開遺跡內部更神祕的面紗，他可能成功嗎？

海底城又將是什麼樣的遺跡，這座位於海底火山之處，從遠古就留存之遺跡，但至今也未曾有人能夠深入探察，這理由正是處處充滿危機，這裡不僅有魔物盤踞，更有各種隱藏的奪命機關，這裡同樣也是玄清想要積極探索的重點，畢竟危險性越高，越代表遺跡其中的價值。

創仙誓玄清降魔鎮聆第一話冰雪天地，到此告一段落，接下來第二話「天下動盪」將逐步揭開「十王御政，戰魔亂世」這造化天劫之實際情況與樣貌，敬請各位讀者期待。

隨後為八篇番敘外事，提供您欣賞。

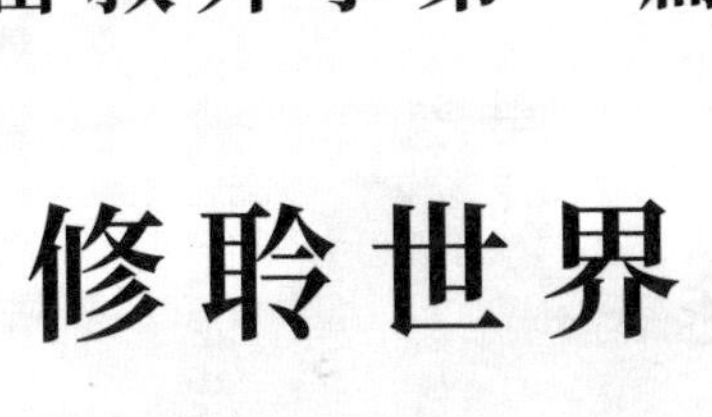

番敘外事第一篇

修聆世界

在十七天外造物聖使所創造之荒原宇宙中，屬於中方立騰蛇勾陳星系宇宙極，總計八萬二千星系，主要為「至聖靈修萬帝」這星球的世界，是為達盤古七聖使之「問采」所直接負責引導管理。

除了這顆星球外，另外由明道聖使所擇定之「修真開聆」試驗世界，則是位於這至聖靈修萬帝之北方，相距十光年之處，星球等級大小相似，文明等級在魔獸蠻荒世界。

明道聖使從荒原五方世界中，篩選適合之靈子引渡化生於此，用為修真開聆成果之進一步實際操作展示。

透過改變藉體的形成方式，讓這世界之各種族一生下來，就已植入造化系統之修真開聆道器，世界上第一批出現這植入道器的種族，都是以青年或少女形態出現，而歲數大都設定在十三歲的模樣，總數約在五十萬左右。

明道聖使安排這些實驗體出現的地方，皆稱作「初始之地」，這初始之地在世界中分別有七十二個，降生時屬於荒原宇宙系統之隨機選擇。

對於轉世之靈子來說，因受藉體影響以及造物清除記憶，並不能具備前世記憶，但有極少數因技能關係，得以自行突破封印，而徹底找回前世記憶。

在每個轉世靈子之修真開聆道器正式運作時，會根據各靈子修行重點的差異，而由造化系統給予不同之祝福，大都僅有一種，極少數會因系統出現錯誤或者造物主之刻意，而具有二種先天祝福，比如玄清之真祖契約與生命之光。

所有靈子的靈心境界，即是前世所修來之證果，如築基、乃至化神、金仙之類，因本存證於靈心識核，故於轉世時皆必得保留。

不過對於靈子的影響，不一定能呈現於實力等階上，但對於慧智展現與環境壓力、困難險厄之承受，會有明顯的差別，但若是前世修真境界極為高等，如玄清之玉鼎金仙境界，就有可能自行展現道體真身，而成為自身實力的一環。

但以絕大多數轉世者來說，正常實力之展示，皆由藉體之修煉境界來呈現，除非有機緣修煉經藏，方得以喚醒這道體真身。

修聆世界存在等級這數值，這純粹與藉體之基礎數值與衍生職業技能相關而已，但同樣與這世界之實力等階，如由軍清初始乃至戰將、鬥王、聖尊等階，還是與等級有著密切關聯的。

最後這所謂的道體真身，是存在進化的，其進化方式，就是造物之覺醒行步，這可是極大幅度增強實力的修煉方向，也是靈子修煉上，最能讓人產生無比執心成就之過程與結果。

由以上這一切造化環境所形成的世界，皆以開聆道器衍生之修聆資訊，予各轉世靈子協助並輔強，所以明道聖使將這個特異於荒原宇宙其他修行模式之世界，特別稱之為「修聆世界」。

番敘外事第二篇

常昊與紫鳶這一對

那一年，我十歲，在救下紫鳶之時，我已清楚地知道，這位迷人的紫衣少女，將永遠住進我的心房。

在我十四歲逃離逍遙門之時，那段驚心動魄、無處躲藏的日子裡，遇見了那位讓我不能忘懷的……傻瓜，他應該還很年輕吧，至少比我小，只是我這註定沒有未來的人，怎可以想著他呢？

這神秘的星玥湖，就如多情的印星海，緊緊牽絆著她與他的一切，所以讓他們，終究是重逢了。

他與她互相依偎，甜蜜地守望著，這一刻，無需言語，在這浪漫的遍地星光下，點點輝光，剎那永恆，纖毫指行，皆能印心，盡是兩人彼此真心的見證。

這對亂世中的苦命情侶，在天地見證下，誓言此情永護。

「其實，在這星玥湖畔……那時，我早已對你傾心。」

「我也是，妳那時還想走？」

「我害怕連累你，畢竟……那組織是不會放過我的。」

「我不怕啊，所以又把妳追回來了。」

「嗯……我一直提心吊膽的，到了現在，終於安心些了。」

「只要我們夠強大，聖尊等階什麼的，早晚都能應付。」

「嗯，常昊……我想……」

「想什麼？」

「為你……為你生個孩子。」

「好，那我們請玄清做見證吧！」

「傻瓜，生孩子還請人做見證幹嘛？」

「不用嗎？」

「不用……」

這一夜，兩人互相傾盡了所有。

伊人情絲，弱水一方，悅芳處，何心蕩漾。
星夜飄雪，冷霜酌情融，此時已是無寒。
明月逐人來

番敘外事第三篇

呂能眼中的逍遙門

因為我身體高大粗壯，所以被長老提拔，當了外門星使的執事領隊，並指導了我血祭無雙道經之橫山百煉骨，在歷經數年磨練之下，終於此功大成，並進一步習得了「猛奪」這極強的雙斧招式與功法。

這讓我由外門星使，直接躍入了內門長老之位，而稱號為金剛長老，在這位置上，我發現了一些不為人所知的機密，讓我對於這鼎鼎大名的逍遙門，有了不一樣的看法。

逍遙門之外門星使，要做的工作很多，任何門裡所接到的委託，大都先交由星使負責，失敗了才會由內門長老們處理，當然，除了一些困難度很高的任務外，比如刺殺一些知名領袖之事。

我會加入逍遙門，是因為那位護法長老曾經救了我一家，他也跟我說過，逍遙門是主持這無奈的惡劣世界裡的一道正義，專門誅殺那些為非作歹又不能被律法正刑的世間惡徒。

所以，我一直相信著逍遙門是正義的組織，直到我遇到了，長老間的爭權與奪利，對於外門星使的苛刻要求與不正當的心思，以及門主為求自身功體恢復，所做的一切傷天害理之事，更重要的，是那位護法，早已傳言隱去，但我知道，他九成是死於門內鬥爭之中了。

今日，組織要求我進行的任務，是刺殺近日於雪狼城大為稱名，有可能為真實天命之聖王，這聖王是近來國內北地對那人的稱呼，那人所做的一切，至今皆讓我欣賞……

竟然連這種是非都不分明了，那這逍遙門，早就只是一個只講利益的暗殺集團了，我又何必留戀呢？不如就此結束吧，大丈夫來去可都要明白，留書信就好，不過問刑司恐怕不會讓我輕易離開這逍遙門吧。

番敘外事第四篇

玄清轉職任務

原來這轉職任務要蒐集的東西，是為了讓我進化這藉體用的啊。

透過材料蒐集完全，再由開聆系統幫忙轉化，這樣我的身體也就跟著改變了，看看修聆資訊，藉體這欄已改為——震術道形，還有命體達到了一萬數值，跟著這魔素，也增加了不少。

另外行動方面還有整個體質，都有了明顯地提升，原來這就是轉職任務的真正用意啊。

還有，似乎感覺不太需要吃東西，還有睡覺，以及……總之，之前日常固定的需求，一下子減少了許多。

要有相對應的藉體，才能真正發揮職業技能的真實效果。

像這樣邊做訓練邊提升等級，還能進化這體質，實在太理想了，不知道策魂師這職業是不是還能再進步？

番敘外事第五篇

與鳴虎鬥王之賭注

這薛惡虎級別為鬥王，種族山虎，是鳴虎戰隊的頂梁柱，聽說出道至今，還不見敵手，能隻身前往遺跡深處，在城裡算是極知名的傳奇人物。

六道光影並肩齊至。

「我們來看看你們猱降魔戰團，有沒有做這雪狼城第一把交椅的實力與本事。」

這六對六的攻防，是玄清與這鳴虎戰隊的賭注，若玄清贏了，那鳴虎戰團無條件納入猱降魔，若是輸了，換玄清等加入鳴虎。

這玄清當時，自然是一口氣答應了下來，也不說始魔之手段，或者堪稱無敵之鬥王吾良，玄清戰團也還有著印心法陣之加持，以及呂能這位不動天王，實在沒有輸的條件與理由。

事實證明，鳴虎戰團加入了玄清旗下，或許這賭注，是一場面子，不先過這一場，賀鳴與薛惡虎，恐怕會很難與眾屬下交代。

而這薛惡虎果然不凡，要不是有吾良壓制，恐怕玄清一行加上呂能、始魔等，也不是他的對手，最後玄清封他為常勝天王，果然是最適合的了。

番敘外事第六篇

海底城的詭異傳說

望月東南海中星，一履山火觸地鳴。

千古絕響行造化，道中可藏億萬金。

這是相關海底城遺跡的一段讖言，後面還有四句，可惜被前人隱去了，至今不得任何消息。

由這四句來對照如今海底城，明顯指的就是海底城的所在位置，在東南方向沿海，順著月亮投影，可以見到海中有一處能強烈反射月光的地方。

這屬於海底的一座死火山所構成，千古絕響，應是指火山已千年不再爆發，但最後一句可吸引人了，這億萬金，意思是隱藏了無止盡的寶藏，叫人充滿了無盡的幻想。

一堆冒險戰團，陸續不絕地往這遺跡探險，起初也沒甚事，但就是一點收獲也沒，曾經一度認為是前人的惡作劇，認為這裡根本沒有寶貝，直到有一個叫作天鷹戰團的，在裡頭發現了一條通道之後……

那可真是令人大開眼界，單單在通道上所鑲嵌的一些寶玉鑽石，就已經夠驚人了，這消息當時可轟動整個帝國，連皇室都因為這遺跡，而替換了東興城主，專門要對這遺跡做開發。

但沒想到的是，這密道開通不到半個月，就陸續傳來冒險者遇難的消息，直到後面，更都是有去無回，而且這通道又因一次大地震而崩落，因此直到現在，也沒人敢再進去這遺跡冒險了，畢竟就算真是天下至寶，對於死人來說，什麼也不是的。

詭異的是，此後東興城的居民常常反映，這遺跡常出現挖掘的聲響，只要在相對應的海邊，就能清楚地傳到耳中，這已經很久了，都傳言是冤死在裡面的鬼魂，出來作怪的。

番敘外事第七篇

神武大將的前世記憶

玲瓏欲界之北地荒城聖域，存在著近三千年之久，名為亡魂惡界之地，是由魂執七衍罪所統治的無間地獄。

神武大將劉洪之前世，正是這七衍罪中之意婪，稱名妄劫之慚紅之王。

在以玄明為首之道門聯軍，進攻這惡界開始，妄劫對這群號稱正義之軍，根本懶得瞧上一眼，邪鬼山洞第一役裡，恰好可以試試他新得的寶器——山河堅壁參，也就隨便拿去試試了。

沒想到這些所謂的道門菁英，真是令他失望，竟無人能破解這山河堅壁參，在圍困多日後，本想親自出手解決這些蟲子，卻發現其中一隻蟲子形成了蛻變，在他沒注意之時，破壞了這道器。

當他聽說了這蟲子的遭遇與蛻變經過，簡直是讓他更瞧不上了，這位謫仙人，九幽智星，真是笑話。沒想到的是，這些蟲子後來竟能連破七煞絕陣，還打到惡界裡來了。

我們這一夥惡魔都一個樣，從來沒有誰服過誰，要一起對敵是不可能的，只是各自尋找有趣的對象玩耍罷了。

我找了一隻帶著一根棒子的猴子，正與他打得有趣，沒想到這謫仙人竟然對我用偷襲這種很不光明的方式，打得我措手不及，正奇怪他的功力怎麼突然又增進這麼多，想要研究之時，竟然已來不及，莫名其妙地被他毀了藉身，實在很不甘心，所以我把那九蛇修羅清清楚楚地記著，本來正要遁回魔界，卻見一道空間障壁開啟，好奇之下進了這所謂的修聆世界。

真沒想到遁入之後，記憶與一身能力皆受封印限制，唉，早知道就先回魔界了，我到底是王啊！

番敘外事第八篇

始魔對聖王的心意

聽說了聖王交代給吾良的秘密任務，始魔很不以為然，要拿下那小小西城，哪需要勞師動眾，有我就已足夠了。

我得讓聖王看看，我如何不殺一人，就能幫他奪得這座西城，哈哈哈，能來到這世界而遇上聖王，可真是令我心情愉快啊！

話說魔界不知道是否還跟以前一樣，真想找時間回去看看，順便找一些堪用的助手，或許未來我親愛的聖王用得上。

身為他的親密眷屬，我得讓他明白，我始魔才是最強、最可靠，辦事效率最高的那一位。

這一夜，城主向昕正要休憩，冷不防一道黑影，佇立於床邊。

「你是……」

「噓，乖乖的，話不用太多，明日一切照我說的做，不然……呵呵，我可以大方地讓你見識一下什麼是惡魔煉獄。」

「但、但是統領可能……不會輕易……答應的。」

「不用擔心喔，他已經很聽話了。」

隔日，城主招集統領併二千軍士，面對城中百姓進行宣布：

「即日起，本西城脫離帝國統治，歸順於雪狼城之新聖王，這是我與統領共同的協議與命令，不容許有任何異議。」

說完，轉頭示意始魔，見始魔點頭同意，兩人都大鬆了一口氣。

學易門文化事業
出版推薦

「學易門文化事業」是致力於易經體系之教學與研究，並追尋宇宙真相之文化出版公司。

二十年來在不斷地堅持之下，於二〇二三年八月十四日成立了出版部門，並陸續將多年研究所得彙集成書，內容主要分為三大類：

「一者論修行，一者談知命，一者申濟世。」皆以易經所論述之至道，來作為呈現。

又以這三品類與易之道入門之方徑而論，尋求宇宙乃至人間真相，實為再進一步之基石，故於二〇二三年起積極著手於宇宙真相之描寫，而於二〇二四年正式出版創仙誓系列。

今已呈現於大眾並於未來預定之出版書籍，主分三個項目：

第一、宇宙真相——創仙誓系列。

已出版：

- 玄明聖使傳第一話——荒原宇宙。
- 玄清降魔鎮聆第一話——冰雪天地。

預計出版：

- 真萬物靈繫第一話——真祖。
- 玄明聖使傳第二話——荒城聖域。
- 萬界神魔錄第一話——蟲洞。
- 聖帝瑤光傳。
- 唯玄天地造化。
- 探朝西方觀聖佛。
- 幻明振武仙魔傳。
- 明玄萬神眾。

第二、易經學術研究——易經與五術系列。

已出版：

- 九天玄女嫡傳五術正宗。
- 易道乾坤八法。

預計出版：

• 六爻迷錯與蹈誤。
• 文王卦辭明德證要。
• 易經全繫辭象義微言心得註釋。
• 易道乾坤八法神機索隱。
• 易行八門。

第三、修行指真——迷相指明系列。

預計出版：

• 靈修與化生實相。
• 末法時代仙佛指明大正申義。
• 陰陽紀實。

國家圖書館出版品預行編目(CIP)資料

創仙誓 玄清降魔鎮聆. 1, 冰雪天地 / 履咸引路大過述言著. -- 初版. -- 高雄市 : 學易門文化事業股份有限公司, 2024.05

面 ; 公分

ISBN 978-626-97774-2-6(平裝)

863.57 113006900

創仙誓　玄清降魔鎮聆

❶ 冰雪天地

作　　者：履咸引路大過述言
發 行 人：蘇欲同
出 版 者：學易門文化事業股份有限公司
地　　址：高雄市鳳山區過埤里田中央路 77 號
電　　話：(07) 796-1020
美術設計：蘇尹晨
美術編輯：學易門文化事業股份有限公司
素材來源：Freepik.com
2024 年 5 月　初版

定價 540 元　　ISBN 978-626-97774-2-6